Anton Kippenberg, der Verleger der Insel von 1905 bis 1950, bezeichnete Goethe als den »Kompaß seines Lebens«. Er, der Goethe-Kenner und -Sammler, machte den Insel Verlag zum Verlag Goethes. Der heutige Insel Verlag führt diese Tradition mit zahlreichen Editionen fort. Siegfried Unseld, der Verleger des Suhrkamp und des Insel Verlages (seit 1965), hat aus Goethes Lyrik einhundert Gedichte ausgewählt. Die Auswahl umfaßt jene Gedichte, welche bis heute lebendig geblieben sind und die gleichzeitig den Auswählenden, den Leser charakterisieren, den Goethes Werk ein Leben lang begleitet hat.

insel taschenbuch 2425

Johann Wolfgang Goethe

Das Leben, es ist gut

Hundert Gedichte

Johann Wolfgang Goethe

Das Leben, es ist gut

Hundert Gedichte
ausgewählt
von Siegfried Unseld

Insel Verlag

insel taschenbuch 2425
Erste Auflage 2002

Hinweise zu dieser Ausgabe am Schluß des Bandes
Vertrieb durch den Suhrkamp Taschenbuch Verlag
Umschlag nach Entwürfen von Willy Fleckhaus
Druck: Friedrich Pustet, Regensburg
Printed in Germany

1 2 3 4 5 6 – 07 06 05 04 03 02

Inhalt

Zueignung

Der Morgen kam; es scheuchten seine Tritte
Den leisen Schlaf, der mich gelind umfing,
Daß ich erwacht, aus meiner stillen Hütte
Den Berg hinauf mit frischer Seele ging;
Ich freute mich bei einem jeden Schritte
Der neuen Blume die voll Tropfen hing;
Der junge Tag erhob sich mit Entzücken,
Und alles war erquickt mich zu erquicken.

Und wie ich stieg, zog von dem Fluß der Wiesen
Ein Nebel sich in Streifen sacht hervor.
Er wich und wechselte mich zu umfließen
Und wuchs geflügelt mir um's Haupt empor:
Des schönen Blicks sollt' ich nicht mehr genießen,
Die Gegend deckte mir ein trüber Flor;
Bald sah' ich mich von Wolken wie umgossen,
Und mit mir selbst in Dämmrung eingeschlossen.

Auf einmal schien die Sonne durchzudringen,
Im Nebel ließ sich eine Klarheit sehn.
Hier sank er leise sich hinabzuschwingen;
Hier teilt' er steigend sich um Wald und Höhn.
Wie hofft' ich ihr den ersten Gruß zu bringen!
Sie hofft' ich nach der Trübe doppelt schön.

Der luft'ge Kampf war lange nicht vollendet,
Ein Glanz umgab mich und ich stand geblendet.

Bald machte mich die Augen aufzuschlagen
Ein inn'rer Trieb des Herzens wieder kühn,
Ich konnt' es nur mit schnellen Blicken wagen;
Denn alles schien zu brennen und zu glühn.
Da schwebte mit den Wolken hergetragen
Ein göttlich Weib vor meinen Augen hin,
Kein schöner Bild sah' ich in meinem Leben,
Sie sah' mich an und blieb verweilend schweben.

Kennst du mich nicht? sprach sie mit einem Munde,
Dem aller Lieb' und Treue Ton entfloß:
Erkennst du mich? die ich in manche Wunde
Des Lebens dir den reinsten Balsam goß?
Du kennst mich wohl, an die zu ew'gem Bunde
Dein strebend Herz sich fest und fester schloß.
Sah' ich dich nicht mit heißen Herzenstränen
Als Knabe schon nach mir dich eifrig sehnen?

Ja, rief ich aus, indem ich selig nieder
Zur Erde sank, lang' hab' ich dich gefühlt;
Du gabst mir Ruh', wenn durch die jungen Glieder
Die Leidenschaft sich rastlos durchgewühlt;
Du hast mir wie mit himmlischem Gefieder
Am heißen Tag die Stirne sanft gekühlt;

Du schenktest mir der Erde beste Gaben,
Und jedes Glück will ich durch dich nur haben.

Dich nenn' ich nicht. Zwar hör' ich dich von vielen
Gar oft genannt, und jeder heißt dich *sein*,
Ein jedes Auge glaubt auf dich zu zielen,
Fast jedem Auge wird dein Strahl zur Pein.
Ach da ich irrte, hatt' ich viel Gespielen,
Da ich dich kenne, bin ich fast allein;
Ich muß mein Glück nur mit mir selbst genießen,
Dein holdes Licht verdecken und verschließen.

Sie lächelte, sie sprach: Du siehst, wie klug,
Wie nötig war's euch wenig zu enthüllen!
Kaum bist du sicher vor dem gröbsten Trug,
Kaum bist du Herr vom ersten Kinderwillen;
So glaubst du dich schon Übermensch genug,
Versäumst die Pflicht des Mannes zu erfüllen!
Wie viel bist du von andern unterschieden?
Erkenne dich! leb' mit der Welt in Frieden.

Verzeih mir, rief ich aus, ich meint' es gut,
Soll ich umsonst die Augen offen haben?
Ein froher Wille lebt in meinem Blut,
Ich kenne ganz den Wert von deinen Gaben!
Für andre wächst in mir das edle Gut,
Ich kann und will das Pfund nicht mehr vergraben!

Warum sucht' ich den Weg so sehnsuchtsvoll,
Wenn ich ihn nicht den Brüdern zeigen soll?

Und wie ich sprach, sah' mich das hohe Wesen
Mit einem Blick mitleid'ger Nachsicht an;
Ich konnte mich in ihrem Auge lesen,
Was ich verfehlt und was ich recht getan.
Sie lächelte, da war ich schon genesen,
Zu neuen Freuden stieg mein Geist heran:
Ich konnte nun mit innigem Vertrauen
Mich zu ihr nahn und ihre Nähe schauen.

Da reckte sie die Hand aus in die Streifen
Der leichten Wolken und des Dufts umher,
Wie sie ihn faßte ließ er sich ergreifen,
Er ließ sich ziehn, es war kein Nebel mehr.
Mein Auge konnt' im Tale wieder schweifen,
Gen Himmel blickt' ich, er war hell und hehr.
Nur sah' ich sie den reinsten Schleier halten,
Er floß um sie und schwoll in tausend Falten.

Ich kenne dich, ich kenne deine Schwächen,
Ich weiß was Gutes in dir lebt und glimmt!
So sagte sie, ich hör' sie ewig sprechen,
Empfange hier was ich dir lang' bestimmt,
Dem Glücklichen kann es an nichts gebrechen,
Der dies Geschenk mit stiller Seele nimmt;

Aus Morgenduft gewebt und Sonnenklarheit,
Der Dichtung Schleier aus der Hand der Wahrheit.

Und wenn es dir und deinen Freunden schwüle
Am Mittag wird, so wirf ihn in die Luft!
Sogleich umsäuselt Abendwindes Kühle,
Umhaucht euch Blumen-Würzgeruch und Duft.
Es schweigt das Wehen banger Erdgefühle,
Zum Wolkenbette wandelt sich die Gruft,
Besänftiget wird jede Lebenswelle,
Der Tag wird lieblich, und die Nacht wird helle.

So kommt denn, Freunde, wann auf Euern Wegen
Des Lebens Bürde schwer und schwerer drückt,
Wenn Eure Bahn ein frischerneuter Segen
Mit Blumen ziert, mit goldnen Früchten schmückt,
Wir gehn vereint dem nächsten Tag' entgegen!
So leben wir, so wandeln wir beglückt,
Und dann auch soll, wenn Enkel um uns trauern,
Zu ihrer Lust noch unsre Liebe dauern.

An den Mond

Schwester von dem ersten Licht,
Bild der Zärtlichkeit in Trauer!
Nebel schwimmt mit Silberschauer
Um dein reizendes Gesicht.
Deines leisen Fußes Lauf
Weckt aus Tagverschloßnen Höhlen
Traurig abgeschiedne Seelen,
Mich, und nächt'ge Vögel auf.

Forschend übersieht dein Blick
Eine großgemeßne Weite!
Hebe mich an deine Seite,
Gib der Schwärmerei dies Glück!
Und in wollustvoller Ruh,
Säh der weitverschlagne Ritter
Durch das gläserne Gegitter,
Seines Mädgens Nächten zu.

Dämmrung wo die Wollust thront,
Schwimmt um ihre runden Glieder.
Trunken sinkt mein Blick hernieder.
Was verhüllt man wohl dem Mond.
Doch, was das für Wünsche sind!

Voll Begierde zu genießen,
So da droben hängen müssen:
Ei, da schieltest du dich blind.

Mit einem gemalten Band

Kleine Blumen, kleine Blätter
Streuen mir mit leichter Hand
Gute junge Frühlings-Götter
Tändelnd auf ein luftig Band.

Zephyr, nimm's auf deine Flügel,
Schling's um meiner Liebsten Kleid;
Und so tritt sie vor den Spiegel
All in ihrer Munterkeit,

Sieht mit Rosen sich umgeben,
Selbst wie eine Rose jung.
Einen Blick, geliebtes Leben,
Und ich bin belohnt genung.

Fühle was dies Herz empfindet,
Reiche frei mir deine Hand,
Und das Band, das uns verbindet,
Sei kein schwaches Rosen-Band!

Ob ich Dich liebe weiß ich nicht:
Seh ich nur einmal dein Gesicht,
Seh Dir in's Auge nur einmal,
Frei wird mein Herz von aller Qual;
Gott weiß, wie mir so wohl geschicht!
Ob ich Dich liebe, weiß ich nicht.

Maifest

Wie herrlich leuchtet
Mir die Natur!
Wie glänzt die Sonne!
Wie lacht die Flur!

Es dringen Blüten
Aus jedem Zweig,
Und tausend Stimmen
Aus dem Gesträuch,

Und Freud und Wonne
Aus jeder Brust.
O Erd o Sonne
O Glück o Lust!

O Lieb' o Liebe,
So golden schön,
Wie Morgenwolken
Auf jenen Höhn;

Du segnest herrlich
Das frische Feld,
Im Blütendampfe
Die volle Welt.

O Mädchen Mädchen,
Wie lieb' ich dich!
Wie blinkt dein Auge!
Wie liebst du mich!

So liebt die Lerche
Gesang und Luft,
Und Morgenblumen
Den Himmels Duft,

Wie ich dich liebe
Mit warmem Blut,
Die du mir Jugend
Und Freud und Mut

Zu neuen Liedern,
Und Tänzen gibst!
Sei ewig glücklich
Wie du mich liebst!

Ein grauer trüber Morgen
Bedeckt mein Liebes Feld,
Im Nebel tief verborgen,
Liegt um mich her die Welt
O Liebliche Fridricke
Dürft ich nach Dir zurück
In einem Deiner Blicke
Liegt Sonnenschein und Glück

Der Baum in dessen Rinde
Mein Nam bei Deinem Steht,
Wird bleich vom rauhen Winde
Der jede Lust verweht
Der Wiesen grüner Schimmer
Wird trüb wie mein gesicht
Sie Sehen die Sonne nimmer
Und ich Fridricken nicht,

Bald geh ich in die Reben
Und herbste trauben ein
Umher ist alles Leben
Es strudelt neuer Wein,
Doch in der öden Laube

Ach, denk ich wär Sie hier,
Ich brächt ihr diese traube,
Und Sie – was gäb Sie mir

Willkommen und Abschied

Mir schlug das Herz; geschwind zu Pferde,
Und fort, wild, wie ein Held zur Schlacht!
Der Abend wiegte schon die Erde,
Und an den Bergen hing die Nacht;
Schon stund im Nebelkleid die Eiche,
Ein aufgetürmter Riese, da,
Wo Finsternis aus dem Gesträuche
Mit hundert schwarzen Augen sah.

Der Mond von seinem Wolkenhügel,
Schien kläglich aus dem Duft hervor;
Die Winde schwangen leise Flügel,
Umsausten schauerlich mein Ohr;
Die Nacht schuf tausend Ungeheuer –
Doch tausendfacher war mein Mut;
Mein Geist war ein verzehrend Feuer,
Mein ganzes Herz zerfloß in Glut.

Ich sah dich, und die milde Freude
Floß aus dem süßen Blick auf mich.
Ganz war mein Herz an deiner Seite,
Und jeder Atemzug für dich.
Ein rosenfarbes Frühlings Wetter
Lag auf dem lieblichen Gesicht,

Und Zärtlichkeit für mich, ihr Götter!
Und hofft' es, ich verdient' es nicht.

Der Abschied, wie bedrängt, wie trübe!
Aus deinen Blicken sprach dein Herz.
In deinen Küssen, welche Liebe,
O welche Wonne, welcher Schmerz!
Du gingst, ich stund, und sah zur Erden,
Und sah dir nach mit nassem Blick;
Und doch, welch Glück! geliebt zu werden,
Und lieben, Götter, welch ein Glück.

Mahomets Gesang

Seht den Felsenquell
Freudehell
Wie ein Sternenblick!
Über Wolken
Nährten seine Jugend
Gute Geister
Zwischen Klippen im Gebüsch.

Jünglingfrisch
Tanzt er aus der Wolke
Auf die Marmorfelsen nieder
Jauchzet wieder
Nach dem Himmel

Durch die Gipfelgänge
Jagt er bunten Kieseln nach,
Und mit frühem Führertritt
Reißt er seine Bruderquellen
Mit sich fort.

Drunten werden in dem Tal
Unter seinem Fußtritt Blumen
Und die Wiese
Lebt von seinem Hauch.

Doch ihn hält kein Schattental
Keine Blumen
Die ihm seine Knie umschlingen
Ihm mit Liebesaugen schmeicheln
Nach der Ebne dringt sein Lauf
Schlangewandelnd.

Bäche schmiegen
Sich gesellig an
Nun tritt er
In die Ebne silberprangend
Und die Ebne prangt mit ihm
Und die Flüsse von der Ebne
Und die Bäche von Gebürgen
Jauchzen ihm und rufen: Bruder!
Bruder nimm die Brüder mit!
Mit zu deinem Alten Vater
Zu dem ewgen Ozean
Der mit weitverbreiten Armen
Unsrer wartet
Die sich ach vergebens öffnen
Seine Sehnenden zu fassen
Denn uns frißt in öder Wüste
Gier'ger Sand
Die Sonne droben
Saugt an unserm Blut
Ein Hügel

Hemmet uns zum Teiche!
Bruder!
Nimm die Brüder von der Ebne
Nimm die Brüder von Gebürgen
Mit zu deinem Vater mit.

Kommt ihr alle! –
Und nun schwillt er
Herrlicher, ein ganz Geschlechte
Trägt den Fürsten hoch empor
Und im rollenden Triumphe
Gibt er Ländern Namen, Städte
Werden unter seinem Fuß.

Unaufhaltsam rauscht er über
Läßt der Türme Flammengipfel
Marmorhäuser eine Schöpfung
Seiner Fülle hinter sich.

Zedernhäuser trägt der Atlas
Auf den Riesenschultern, sausend
Wehen über seinem Haupte
Tausend Segel auf zum Himmel
Seine Macht und Herrlichkeit.

Und so trägt er seine Brüder
Seine Schätze seine Kinder
Dem erwartenden Erzeuger
Freudebrausend an das Herz.

Heidenröslein

Sah ein Knab' ein Röslein stehn,
Röslein auf der Heiden,
War so jung und morgenschön,
Lief er schnell es nah zu sehn,
Sah's mit vielen Freuden.
Röslein, Röslein, Röslein rot,
Röslein auf der Heiden.

Knabe sprach: ich breche dich,
Röslein auf der Heiden!
Röslein sprach: ich steche dich,
Daß du ewig denkst an mich,
Und ich will's nicht leiden.
Röslein, Röslein, Röslein rot,
Röslein auf der Heiden.

Und der wilde Knabe brach
's Röslein auf der Heiden;
Röslein wehrte sich und stach,
Half ihr doch kein Weh und Ach,
Mußt es eben leiden.
Röslein, Röslein, Röslein rot,
Röslein auf der Heiden.

An Schwager Kronos

In der Postchaise d 10 Oktbr 1774

Spude dich Kronos
Fort den rasselnden Trott!
Bergab gleitet der Weg
Ekles Schwindeln zögert
Mir vor die Stirne dein Haudern
Frisch, den holpernden
Stock, Wurzeln, Steine den Trott
Rasch in's Leben hinein.

Nun, schon wieder?
Den eratmenden Schritt
Mühsam Berg hinauf.
Auf denn! nicht träge denn!
Strebend und hoffend an.

Weit hoch herrlich der Blick
Rings ins Leben hinein
Vom Gebürg zum Gebürg
Über der ewige Geist
Ewigen Lebens ahndevoll.

Seitwärts des Überdachs Schatten
Zieht dich an

Und der Frischung verheißende Blick
Auf der Schwelle des Mädgens da.
Labe dich – mir auch Mädgen
Diesen schäumenden Trunk
Und den freundlichen Gesundheits Blick.

Ab dann frischer hinab
Sieh die Sonne sinkt!
Eh sie sinkt, eh mich faßt
Greisen im Moore Nebelduft,
Entzahnte Kiefer schnattern
Und das schlockernde Gebein.

Trunknen vom letzten Strahl
Reiß mich, ein Feuermeer
Mir im schäumenden Aug,
Mich Geblendeten, Taumelnden,
In der Hölle nächtliches Tor

Töne Schwager dein Horn
Raßle den schallenden Trab
Daß der Orkus vernehme: ein Fürst kommt,
Drunten von ihren Sitzen
Sich die Gewaltigen lüften.

Prometheus

Bedecke deinen Himmel Zeus
Mit Wolkendunst!
Und übe Knabengleich
Der Disteln köpft
An Eichen dich und Bergeshöhn!
Mußt mir meine Erde
Doch lassen stehn,
Und meine Hütte
Die du nicht gebaut,
Und meinen Herd
Um dessen Glut
Du mich beneidest.

Ich kenne nichts ärmers
Unter der Sonn als euch Götter.
Ihr nähret kümmerlich
Von Opfersteuern
Und Gebetshauch
Eure Majestät
Und darbtet wären
Nicht Kinder und Bettler
Hoffnungsvolle Toren.

Da ich ein Kind war
Nicht wußt wo aus wo ein
Kehrt mein verirrtes Aug
Zur Sonne als wenn drüber wär
Ein Ohr zu hören meine Klage
Ein Herz wie meins
Sich des Bedrängten zu erbarmen.

Wer half mir wider
Der Titanen Übermut
Wer rettete vom Tode mich
Von Sklaverei?
Hast du's nicht alles selbst vollendet
Heilig glühend Herz
Und glühtest jung und gut
Betrogen, Rettungsdank
Dem Schlafenden dadroben

Ich dich ehren? Wofür?
Hast du die Schmerzen gelindert
Je des Beladenen
Hast du die Tränen gestillet
Je des Geängsteten?
Hat nicht mich zum Manne geschmiedet
Die allmächtige Zeit
Und das ewige Schicksal
Meine Herrn und deine.

Wähntest etwa
Ich sollt das Leben hassen
In Wüsten fliehn,
Weil nicht alle Knabenmorgen
Blütenträume reiften.

Hier sitz ich, forme Menschen
Nach meinem Bilde
Ein Geschlecht das mir gleich sei
Zu leiden, weinen
Genießen und zu freuen sich
Und dein nicht zu achten
Wie ich!

Der König in Thule

Es war ein König in Thule
Gar treu bis an das Grab,
Dem sterbend seine Buhle
Einen goldnen Becher gab.

Es ging ihm nichts darüber,
Er leert ihn jeden Schmaus;
Die Augen gingen ihm über,
So oft er trank daraus.

Und als er kam zu sterben,
Zählt' er seine Städt' im Reich,
Gönnt' alles seinem Erben,
Den Becher nicht zugleich.

Er saß beim Königsmahle,
Die Ritter um ihn her,
Auf hohem Vätersaale,
Dort auf dem Schloß am Meer.

Dort stand der alte Zecher,
Trank letzte Lebensglut,
Und warf den heil'gen Becher
Hinunter in die Flut.

Er sah ihn stürzen, trinken
Und sinken tief ins Meer.
Die Augen täten ihm sinken,
Trank nie einen Tropfen mehr.

Ganymed

Wie im Morgenrot
Du rings mich anglühst
Frühling Geliebter!
Mit tausendfacher Liebeswonne
Sich an mein Herz drängt
Deiner ewigen Wärme
Heilig Gefühl
Unendliche Schöne!

Daß ich dich fassen möcht
In diesen Arm!

Ach an deinem Busen
Lieg ich, schmachte,
Und deine Blumen dein Gras
Drängen sich an mein Herz
Du kühlst den brennenden
Durst meines Busens
Lieblicher Morgenwind!
Ruft drein die Nachtigall
Liebend nach mir aus dem Nebeltal.

Ich komme! Ich komme!
Wohin? Ach wohin?

Hinauf hinauf strebts!
Es schweben die Wolken
Abwärts die Wolken,
Neigen sich der sehnenden Liebe.
Mir! Mir
In eurem Schoße
Aufwärts!
Umfangend umfangen!
Aufwärts
An deinem Busen
Alliebender Vater!

An Belinden

Warum ziehst du mich unwiderstehlich
Ach in jene Pracht,
War ich guter Junge nicht so seelich
In der öden Nacht.

Heimlich in mein Zimmergen verschlossen
Lag im Mondenschein
Ganz von seinem Schauerlicht umflossen
Und ich dämmert ein

Träumte da von vollen goldnen Stunden
Ungemischter Lust
Hatte schon dein Liebes Bild empfunden
Tief in meiner Brust.

Bin ich's noch den du bei so viel Lichtern
An dem Spieltisch hältst
Oft so unerträglichen Gesichtern
Gegenüber stellst.

Reizender ist mir des Frühlings blüte
Nun nicht auf der Flur
Wo du Engel bist ist Lieb und Güte
Wo du bist Natur.

Neue Liebe neues Leben

Herz mein Herz was soll das geben?
Was bedränget dich so sehr?
Welch ein fremdes neues Leben!
Ich erkenne dich nicht mehr!
Weg ist alles was du liebtest,
Weg worum du dich betrübtest,
Weg dein Fleiß und deine Ruh,
Ach wie kamst du nur dazu.

Fesselt dich die Jugendblüte?
Diese liebliche Gestalt,
Dieser Blick voll Treu und Güte,
Mit unendlicher Gewalt?
Will ich rasch mich ihr entziehen
Mich ermannen ihr entfliehen;
Führet mich im Augenblick
Ach mein Weg zu ihr zurück.

Und an diesem Zauberfädgen
Das sich nicht zerreißen läßt
Hält das liebe lose Mädgen
Mich so wider willen fest.
Muß in ihrem Zauberkreise
Leben nun auf ihre Weise.

Die Verändrung ach wie groß!
Liebe liebe laß mich los.

Auf dem See

Ich saug an meiner Nabelschnur
Nun Nahrung aus der Welt.
Und herrlich rings ist die Natur
Die mich am Busen hält.
Die Welle wieget unsern Kahn
Im Rudertakt hinauf
Und Berge Wolken angetan
Entgegnen unserm Lauf.

Aug mein Aug was sinkst du nieder
Goldne Träume kommt ihr wieder
Weg du Traum so Gold du bist
Hier auch Lieb und Leben ist.
Auf der Welle blinken
Tausend schwebende Sterne
Liebe Nebel trinken
Rings die türmende Ferne
Morgenwind umflügelt
Die beschattete Bucht
Und im See bespiegelt
Sich die reifende Frucht

Wandrers Nachtlied

Der du von dem Himmel bist
Alle Freud und Schmerzen stillest,
Den der doppelt elend ist
Doppelt mit Erquickung füllest.
Ach ich bin des Treibens müde!
Was soll all die Qual und Lust.
Süßer Friede,
Komm ach komm in meine Brust!

Am Hang des Ettersberg
d. 12. Febr. 76
G.

Warum gabst du uns die Tiefen Blicke
Unsre Zukunft ahndungsvoll zu schaun
Unsrer Liebe, unserm Erdenglücke
Wähnend selig nimmer hinzutraun?
Warum gabst uns Schicksal die Gefühle
Uns einander in das Herz zu sehn,
Um durch all die seltenen Gewühle
Unser wahr Verhältnis auszuspähn.

Ach so viele tausend Menschen kennen
Dumpf sich treibend kaum ihr eigen Herz,
Schweben zwecklos hin und her und rennen
Hoffnungslos in unversehnem Schmerz,
Jauchzen wieder wenn der schnellen Freuden
Unerwarte Morgenröte tagt.
Nur uns Armen liebevollen beiden
Ist das wechselseitge Glück versagt
Uns zu lieben ohn uns zu verstehen,
In dem Andern sehn was er nie war
Immer frisch auf Traumglück auszugehen
Und zu schwanken auch in Traumgefahr.

Glücklich den ein leerer Traum beschäftigt!
Glücklich dem die Ahndung eitel wär!

Jede Gegenwart und jeder Blick bekräftigt
Traum und Ahndung leider uns noch mehr.
Sag was will das Schicksal uns bereiten?
Sag wie band es uns so rein genau?
Ach du warst in abgelebten Zeiten
Meine Schwester oder meine Frau.

Kanntest jeden Zug in meinem Wesen,
Spähtest wie die reinste Nerve klingt,
Konntest mich mit Einem Blicke lesen
Den so schwer ein sterblich Aug durchdringt.
Tropftest Mäßigung dem heißen Blute,
Richtetest den wilden irren Lauf,
Und in deinen Engelsarmen ruhte
Die zerstörte Brust sich wieder auf,
Hieltest zauberleicht ihn angebunden
Und vergaukeltest ihm manchen Tag.
Welche Seligkeit glich jenen Wonnestunden,
Da er dankbar dir zu Füßen lag.
Fühlt sein Herz an deinem Herzen schwellen,
Fühlte sich in deinem Auge gut,
Alle seine Sinnen sich erhellen
Und beruhigen sein brausend Blut.

Und von allem dem schwebt ein Erinnern
Nur noch um das ungewisse Herz
Fühlt die alte Wahrheit ewig gleich im Innern,

Und der neue Zustand wird ihm Schmerz.
Und wir scheinen uns nur halb beseelet
Dämmernd ist um uns der hellste Tag.
Glücklich daß das Schicksal das uns quälet
Uns doch nicht verändern mag.

Rastlose Liebe

Dem Schnee, dem Regen,
Dem Wind entgegen,
Im Dampf der Klüfte,
Durch Nebeldüfte,
Immer zu! Immer zu!
Ohne Rast und Ruh!

Lieber durch Leiden
Möcht' ich mich schlagen,
Als so viel Freuden
Des Lebens ertragen.
Alle das Neigen
Von Herzen zu Herzen,
Ach wie so eigen
Schaffet das Schmerzen!

Wie soll ich fliehen?
Wälderwärts ziehen?
Alles vergebens!
Krone des Lebens,
Glück ohne Ruh,
Liebe, bist du!

Beherzigung

Ach was soll der Mensch verlangen?
Ist es besser ruhig bleiben?
Klammernd fest sich anzuhangen?
Ist es besser sich zu treiben?
Soll er sich ein Häuschen bauen?
Soll er unter Zelten leben?
Soll er auf die Felsen trauen?
Selbst die festen Felsen beben.

Eines schickt sich nicht für alle.
Sehe jeder wie er's treibe,
Sehe jeder wo er bleibe,
Und wer steht, daß er nicht falle.

An den Mond

Füllest wieder 's liebe Tal
Still mit Nebelglanz
Lösest endlich auch einmal
Meine Seele ganz

Breitest über mein Gefild
Lindernd deinen Blick
Wie der Liebsten Auge, mild
Über mein Geschick

Das du so beweglich kennst
Dieses Herz im Brand
Haltet ihr wie ein Gespenst
An den Fluß gebannt

Wenn in öder Winternacht
Er von Tode schwillt
Und bei Frühlingslebens Pracht
An den Knospen quillt.

Selig wer sich vor der Welt
Ohne Haß verschließt
Einen Mann am Busen hält
Und mit dem genießt,

Was den Menschen unbewußt
Oder wohl veracht
Durch das Labyrinth der Brust
Wandelt in der Nacht.

Harzreise im Winter

Dem Geier gleich,
Der auf schweren Morgenwolken
Mit sanftem Fittich ruhend
Nach Beute schaut,
Schwebe mein Lied.

Denn ein Gott hat
Jedem seine Bahn
Vorgezeichnet,
Die der Glückliche
Rasch zum freudigen
Ziele rennt:
Wem aber Unglück
Das Herz zusammenzog,
Er sträubt vergebens
Sich gegen die Schranken
Des ehernen Fadens,
Den die doch bittre Schere
Nur Einmal lös't.

In Dickichts-Schauer
Drängt sich das rauhe Wild,
Und mit den Sperlingen

Haben längst die Reichen
In ihre Sümpfe sich gesenkt.

Leicht ist's folgen dem Wagen,
Den Fortuna führt,
Wie der gemächliche Troß
Auf gebesserten Wegen
Hinter des Fürsten Einzug.

Aber abseits wer ist's?
In's Gebüsch verliert sich sein Pfad,
Hinter ihm schlagen
Die Sträuche zusammen,
Das Gras steht wieder auf,
Die Öde verschlingt ihn.

Ach wer heilet die Schmerzen
Des, dem Balsam zu Gift ward?
Der sich Menschenhaß
Aus der Fülle der Liebe trank!
Erst verachtet, nun ein Verächter,
Zehrt er heimlich auf
Seinen eignen Wert
In ung'nügender Selbstsucht.

Ist auf deinem Psalter,
Vater der Liebe, ein Ton
Seinem Ohre vernehmlich,
So erquicke sein Herz!
Öffne den umwölkten Blick
Über die tausend Quellen
Neben dem Durstenden
In der Wüste.

Der du der Freuden viel schaffst,
Jedem ein überfließend Maß,
Segne die Brüder der Jagd
Auf der Fährte des Wilds,
Mit jugendlichem Übermut
Fröhlicher Mordsucht,
Späte Rächer des Unbilds,
Dem schon Jahre vergeblich
Wehrt mit Knütteln der Bauer.

Aber den Einsamen hüll'
In deine Goldwolken,
Umgib mit Wintergrün,
Bis die Rose wieder heranreift,
Die feuchten Haare,
O Liebe, deines Dichters!

Mit der dämmernden Fackel
Leuchtest du ihm
Durch die Furten bei Nacht,
Über grundlose Wege
Auf öden Gefilden;
Mit dem tausendfarbigen Morgen
Lachst du in's Herz ihm;
Mit dem beizenden Sturm
Trägst du ihn hoch empor;
Winterströme stürzen vom Felsen
In seine Psalmen,
Und Altar des lieblichsten Danks
Wird ihm des gefürchteten Gipfels
Schneebehangner Scheitel,
Den mit Geisterreihen
Kränzten ahndende Völker.

Du stehst mit unerforschtem Busen
Geheimnisvoll offenbar
Über der erstaunten Welt,
Und schaust aus Wolken
Auf ihre Reiche und Herrlichkeit,
Die du aus den Adern deiner Brüder
Neben dir wässerst.

Feiger Gedanken
Bängliches Schwanken,
Weibisches Zagen,
Ängstliches Klagen
Wendet kein Elend,
Macht dich nicht frei.

Allen Gewalten
Zum Trutz sich erhalten;
Nimmer sich beugen,
Kräftig sich zeigen,
Rufet die Arme
Der Götter herbei

Gesang der Geister über den Wassern

Des Menschen Seele
Gleicht dem Wasser:
Vom Himmel kommt es,
Zum Himmel steigt es,
Und wieder nieder
Zur Erde muß es,
Ewig wechselnd.

Strömt von der hohen,
Steilen Felswand
Der reine Strahl,
Dann stäubt er lieblich
In Wolkenwellen
Zum glatten Fels,
Und leicht empfangen,
Wallt er verschleiernd,
Leisrauschend,
Zur Tiefe nieder.

Ragen Klippen
Dem Sturze entgegen,
Schäumt er unmutig
Stufenweise
Zum Abgrund.

Im flachen Bette
Schleicht er das Wiesental hin,
Und in dem glatten See
Weiden ihr Antlitz
Alle Gestirne.

Wind ist der Welle
Lieblicher Buhler;
Wind mischt vom Grund aus
Schäumende Wogen.

Seele des Menschen,
Wie gleichst du dem Wasser!
Schicksal des Menschen,
Wie gleichst du dem Wind!

Der Fischer

Das Wasser rauscht', das Wasser schwoll,
Ein Fischer saß daran,
Sah nach dem Angel ruhevoll,
Kühl bis an's Herz hinan:
Und wie er sitzt und wie er lauscht,
Teilt sich die Flut empor,
Aus dem bewegten Wasser rauscht
Ein feuchtes Weib hervor.

Sie sang zu ihm, sie sprach zu ihm:
Was lockst du meine Brut
Mit Menschenwitz und Menschenlist
Hinauf in Todesglut?
Ach wüßtest du, wie's Fischlein ist
So wohlig auf dem Grund,
Du stiegst herunter wie du bist,
Und würdest erst gesund.

Labt sich die liebe Sonne nicht,
Der Mond sich nicht im Meer?
Kehrt wellenatmend ihr Gesicht
Nicht doppelt schöner her?
Lockt dich der tiefe Himmel nicht,
Das feucht verklärte Blau?

Lockt dich dein eigen Angesicht
Nicht her in ew'gen Tau?

Das Wasser rauscht', das Wasser schwoll,
Netzt' ihm den nackten Fuß,
Sein Herz wuchs ihm so sehnsuchtsvoll,
Wie bei der Liebsten Gruß.
Sie sprach zu ihm, sie sang zu ihm;
Da war's um ihn geschehn:
Halb zog sie ihn, halb sank er hin,
Und ward nicht mehr gesehn.

Über allen Gipfeln
Ist Ruh',
In allen Wipfeln
Spürest Du
Kaum einen Hauch;
Die Vögelein schweigen im Walde.
Warte nur! Balde
Ruhest du auch.

Grenzen der Menschheit

Wenn der uralte,
Heilige Vater
Mit gelassener Hand
Aus rollenden Wolken
Segnende Blitze
Über die Erde sä't,
Küss' ich den letzten
Saum seines Kleides,
Kindliche Schauer
Treu in der Brust.

Denn mit Göttern
Soll sich nicht messen
Irgend ein Mensch.
Hebt er sich aufwärts,
Und berührt
Mit dem Scheitel die Sterne,
Nirgends haften dann
Die unsichern Sohlen,
Und mit ihm spielen
Wolken und Winde.

Steht er mit festen,
Markigen Knochen

Auf der wohlgegründeten,
Dauernden Erde;
Reicht er nicht auf,
Nur mit der Eiche
Oder der Rebe
Sich zu vergleichen.

Was unterscheidet
Götter von Menschen?
Daß viele Wellen
Vor jenen wandeln,
Ein ewiger Strom:
Uns hebt die Welle,
Verschlingt die Welle,
Und wir versinken.

Ein kleiner Ring
Begrenzt unser Leben,
Und viele Geschlechter
Reihen sich dauernd
An ihres Daseins
Unendliche Kette.

Erlkönig

Wer reitet so spät durch Nacht und Wind?
Es ist der Vater mit seinem Kind;
Er hat den Knaben wohl in dem Arm,
Er faßt ihn sicher, er hält ihn warm.

Mein Sohn, was birgst du so bang dein Gesicht? –
Siehst, Vater, du den Erlkönig nicht?
Den Erlenkönig mit Kron' und Schweif? –
Mein Sohn, es ist ein Nebelstreif. –

»Du liebes Kind, komm, geh mit mir;
Gar schöne Spiele spiel' ich mit dir,
Manch bunte Blumen sind an dem Strand,
Meine Mutter hat manch gülden Gewand.« –

Mein Vater, mein Vater, und hörest du nicht,
Was Erlenkönig mir leise verspricht? –
Sei ruhig, bleibe ruhig, mein Kind;
In dürren Blättern säuselt der Wind. –

»Willst, feiner Knabe, du mit mir gehn?
Meine Töchter sollen dich warten schön:
Meine Töchter führen den nächtlichen Reihn,
Und wiegen und tanzen und singen dich ein.« –

Mein Vater, mein Vater, und siehst du nicht dort
Erlkönigs Töchter am düstern Ort? –
Mein Sohn, mein Sohn, ich seh' es genau;
Es scheinen die alten Weiden so grau. –

»Ich liebe dich, mich reizt deine schöne Gestalt;
Und bist du nicht willig, so brauch' ich Gewalt!« –
Mein Vater, mein Vater, jetzt faßt er mich an!
Erlkönig hat mir ein Leids getan! –

Dem Vater grauset's, er reitet geschwind,
Er hält in Armen das ächzende Kind,
Erreicht den Hof mit Mühe und Not;
In seinen Armen das Kind war tot.

Das Göttliche

Edel sei der Mensch,
Hülfreich und gut!
Denn das allein
Unterscheidet ihn
Von allen Wesen,
Die wir kennen.

Heil den unbekannten
Höhern Wesen,
Die wir ahnden!
Sein Beispiel lehr' uns
Jene glauben.

Denn unfühlend
Ist die Natur:
Es leuchtet die Sonne
Über Bös' und Gute,
Und dem Verbrecher
Glänzen wie dem Besten
Der Mond und die Sterne.

Wind und Ströme,
Donner und Hagel
Rauschen ihren Weg,

Und ergreifen,
Vorüber eilend,
Einen um den andern.

Auch so das Glück
Tappt unter die Menge,
Faßt bald des Knaben
Lockige Unschuld,
Bald auch den kahlen
Schuldigen Scheitel.

Nach ewigen, ehrnen,
Großen Gesetzen,
Müssen wir alle
Unseres Daseins
Kreise vollenden.

Nur allein der Mensch
Vermag das Unmögliche:
Er unterscheidet,
Wählet und richtet;
Er kann dem Augenblick
Dauer verleihen.

Er allein darf
Dem Guten lohnen,
Den Bösen strafen;

Heilen und retten
Alles Irrende, Schweifende
Nützlich verbinden.

Und wir verehren
Die Unsterblichen,
Als wären sie Menschen,
Täten im Großen,
Was der Beste im Kleinen
Tut oder möchte.

Der edle Mensch
Sei hülfreich und gut!
Unermüdet schaff' er
Das Nützliche, Rechte,
Sei uns ein Vorbild
Jener geahndeten Wesen!

Heiß mich nicht reden, heiß mich schweigen,
Denn mein Geheimnis ist mir Pflicht;
Ich möchte dir mein ganzes Innre zeigen,
Allein das Schicksal will es nicht.

Zur rechten Zeit vertreibt der Sonne Lauf
Die finstre Nacht, und sie muß sich erhellen;
Der harte Fels schließt seinen Busen auf,
Mißgönnt der Erde nicht die tiefverborgenen
Quellen.

Ein jeder sucht im Arm der Freunde Ruh,
Dort kann die Brust in Klagen sich ergießen;
Allein ein Schwur drückt mir die Lippen zu
Und nur ein Gott vermag sie aufzuschließen.

Wer nie sein Brod mit Tränen aß,
Wer nie die kummervollen Nächte
Auf seinem Bette weinend saß,
Der kennt euch nicht, ihr himmlischen Mächte!

Ihr führt ins Leben uns hinein,
Ihr laßt den Armen schuldig werden,
Dann überlaßt ihr ihn der Pein:
Denn alle Schuld rächt sich auf Erden.

Kennst du das Land? wo die Citronen blühn,
Im dunkeln Laub die Gold-Orangen glühn,
Ein sanfter Wind vom blauen Himmel weht,
Die Myrte still und hoch der Lorbeer steht,
Kennst du es wohl?
                    Dahin! Dahin
Möcht' ich mit dir, o mein Geliebter, ziehn.

Kennst du das Haus? Auf Säulen ruht sein Dach,
Es glänzt der Saal, es schimmert das Gemach,
Und Marmorbilder stehn und sehn mich an:
Was hat man dir, du armes Kind, getan?
Kennst du es wohl?
                    Dahin! Dahin
Möcht' ich mit dir, o mein Beschützer, ziehn.

Kennst du den Berg, und seinen Wolkensteg?
Das Maultier sucht im Nebel seinen Weg;
In Höhlen wohnt der Drachen alte Brut;
Es stürzt der Fels und über ihn die Flut.
Kennst du ihn wohl?
                    Dahin! Dahin
Geht unser Weg! o Vater, laß uns ziehn!

Nur, wer die Sehnsucht kennt,
Weiß, was ich leide!
Allein und abgetrennt
Von aller Freude,
Seh ich ans Firmament
Nach jener Seite.
Ach, der mich liebt und kennt;
Ist in der Weite.
Es schwindelt mir, es brennt
Mein Eingeweide.
Nur, wer die Sehnsucht kennt,
Weiß, was ich leide!

Freudvoll
und leidvoll,
gedankenvoll sein,
Langen
und bangen
in schwebender Pein,
Himmelhoch jauchzend
zum Tode betrübt,
Glücklich allein
ist die Seele die liebt.

Erste Römische Elegie

Saget Steine mir an, o! sprecht, ihr hohen Paläste.
Straßen redet ein Wort! Genius regst du
dich nicht?
Ja es ist alles beseelt in deinen heiligen Mauern
Ewige Roma, nur mir schweiget noch alles so still.
O! wer flüstert mir zu, an welchem Fenster
erblick ich
Einst das holde Geschöpf, das mich versengt
und erquickt?
Ahnd' ich die Wege noch nicht, durch die
ich immer und immer,
Zu ihr und von ihr zu gehn, opfre die
köstliche Zeit.
Noch betracht' ich Paläst und Kirchen, Ruinen
und Säulen,
Wie ein bedächtiger Mann sich auf der Reise
beträgt.
Doch bald ist es vorbei, dann wird ein einziger
Tempel,
Amors Tempel nur sein, der den Geweihten
empfängt.
Eine Welt zwar bist du, o Rom, doch ohne die Liebe
Wäre die Welt nicht die Welt, wäre denn Rom
auch nicht Rom.

Vierte Römische Elegie

Fromm sind wir Liebende, still verehren wir alle Dämonen,
Wünschen uns jeglichen Gott, jegliche Göttin geneigt.
Und so gleichen wir euch, o römische Sieger! den Göttern
Aller Völker der Welt bietet ihr Wohnungen an.
Habe sie schwarz und streng aus altem Granit der Ägypter,
Oder ein Grieche sie weiß reizend aus Marmor geformt.
Doch verdrießet es nicht die Ewigen, wenn wir besonders
Weihrauch köstlicher Art Einer der Göttlichen streu'n.
Ja wir bekennen euch gern, es bleiben unsre Gebete,
Unser täglicher Dienst Einer besonders geweiht.
Schalkhaft, munter und ernst begehen wir heimliche Feste
Und das Schweigen geziemt allen Geweihten genau.
Eher lockten wir selbst an die Fersen, durch gräßliche Taten,
Uns die Erinnyen her, wagten es eher des Zeus

Hartes Gericht an rollenden Rädern und Felsen
zu dulden,
Als dem reizenden Dienst unser Gemüt
zu entziehn.
Diese Göttin, sie heißt *Gelegenheit*! lernet
sie kennen,
Sie erscheinet euch oft immer in andrer Gestalt.
Tochter des Proteus möchte sie sein, mit Thetis
gezeuget,
Deren verwandelte List manchen Heroen betrog.
So betrügt nun die Tochter den Unerfahrnen,
den Blöden,
Schlummernde necket sie stets, wachende fliegt
sie vorbei;
Gern ergibt sie sich nur dem raschen tätigen
Manne,
Dieser findet sie zahm, spielend und zärtlich
und hold.
Einst erschien sie auch mir, ein bräunliches
Mädchen, die Haare
Fielen ihr dunkel und reich über die Stirne herab.
Kurze Locken ringelten sich ums zierliche
Hälschen,
Ungeflochtenes Haar krauste vom Scheitel
sich auf.
Und ich verkannte sie nicht, ergriff die Eilende,
lieblich

Gab sie Umarmung und Kuß bald mir gelehrig zurück.
O wie war ich beglückt! – Doch stille, die Zeit ist vorüber,
Und umwunden bin ich römische Flechten von euch.

Fünfte Römische Elegie

Froh empfind' ich mich nun auf klassischem Boden begeistert,
Lauter und reizender spricht Vorwelt und Mitwelt zu mir.
Ich befolge den Rat, durchblättre die Werke der Alten
Mit geschäftiger Hand täglich mit neuem Genuß.
Aber die Nächte hindurch hält Amor mich anders beschäftigt,
Werd ich auch halb nur gelehrt, bin ich doch doppelt vergnügt.
Und belehr ich mich nicht? wenn ich des lieblichen Busens
Formen spähe, die Hand leite die Hüften hinab.
Dann versteh ich erst recht den Marmor, ich denk' und vergleiche,
Sehe mit fühlendem Aug', fühle mit sehender Hand.
Raubt die Liebste denn gleich mir einige Stunden des Tages;
Gibt sie Stunden der Nacht mir zur Entschädigung hin.
Wird doch nicht immer geküßt, es wird vernünftig gesprochen,

Überfällt sie der Schlaf, lieg ich und denke
mir viel.
Oftmals hab' ich auch schon in ihren Armen
gedichtet
Und des Hexameters Maß, leise, mit fingernder
Hand,
Ihr auf den Rücken gezählt, sie atmet in lieblichem
Schlummer
Und es durchglühet ihr Hauch mir bis ins tiefste
die Brust.
Amor schüret indes die Lampe und denket
der Zeiten,
Da er den nämlichen Dienst seinen Triumvirn
getan.

Nähe des Geliebten

Ich denke dein, wenn mir der Sonne Schimmer
Vom Meere strahlt;
Ich denke dein, wenn sich des Mondes Flimmer
In Quellen malt.

Ich sehe dich, wenn auf dem fernen Wege
Der Staub sich hebt;
In tiefer Nacht, wenn auf dem schmalen Stege
Der Wandrer bebt.

Ich höre dich, wenn dort mit dumpfem Rauschen
Die Welle steigt.
Im stillen Haine geh' ich oft zu lauschen,
Wenn alles schweigt.

Ich bin bei dir; du seist auch noch so ferne,
Du bist mir nah!
Die Sonne sinkt; bald leuchten mir die Sterne.
O, wärst du da!

Meeres Stille

Tiefe Stille herrscht im Wasser,
Ohne Regung ruht das Meer,
Und bekümmert sieht der Schiffer
Glatte Fläche rings umher.
Keine Luft von keiner Seite!
Todesstille fürchterlich!
In der ungeheuern Weite
Reget keine Welle sich.

Glückliche Fahrt

Die Nebel zerreißen,
Der Himmel ist helle,
Und Aeolus löset
Das ängstliche Band.
Es säuseln die Winde,
Es rührt sich der Schiffer.
Geschwinde! Geschwinde!
Es teilt sich die Welle,
Es naht sich die Ferne,
Schon seh' ich das Land!

Singet nicht in Trauertönen
Von der Einsamkeit der Nacht,
Nein, sie ist, o holde Schönen,
Zur Geselligkeit gemacht.

Wie das Weib dem Mann gegeben
Als die schönste Hälfte war,
Ist die Nacht das halbe Leben,
Und die schönste Hälfte zwar.

Könnt ihr euch des Tages freuen,
Der nur Freuden unterbricht?
Er ist gut, sich zu zerstreuen;
Zu was anderm taugt er nicht.

Aber wenn in nächt'ger Stunde
Süßer Lampe Dämmrung fließt,
Und vom Mund zum nahen Munde
Scherz und Liebe sich ergießt.

Wenn der rasche lose Knabe,
Der sonst wild und feurig eilt,
Oft, bei einer kleinen Gabe,
Unter leichten Spielen weilt.

Wenn die Nachtigall Verliebten
Liebevoll ein Liedchen singt,
Das Gefangnen und Betrübten
Nur wie Ach und Wehe klingt;

Mit wie leichtem Herzensregen
Horchet ihr der Glocke nicht,
Die mit zwölf bedächt'gen Schlägen
Ruh und Sicherheit verspricht!

Darum an dem langen Tage
Merke dir es, liebe Brust:
Jeder Tag hat seine Plage
Und die Nacht hat ihre Lust.

Der Schatzgräber

Arm an Beutel, krank am Herzen,
Schleppt' ich meine langen Tage.
Armut ist die größte Plage,
Reichtum ist das höchste Gut!
Und zu enden meine Schmerzen,
Ging ich einen Schatz zu graben.
Meine Seele sollst du haben!
Schrieb ich hin mit eignem Blut.

Und so zog ich Kreis' um Kreise,
Stellte wunderbare Flammen,
Kraut und Knochenwerk zusammen:
Die Beschwörung war vollbracht.
Und auf die gelernte Weise
Grub ich nach dem alten Schatze,
Auf dem angezeigten Platze.
Schwarz und stürmisch war die Nacht.

Und ich sah ein Licht von weiten;
Und es kam, gleich einem Sterne,
Hinten aus der fernsten Ferne,
Eben als es zwölfe schlug.
Und da galt kein Vorbereiten.
Heller ward's mit einemmale

Von dem Glanz der vollen Schale,
Die ein schöner Knabe trug.

Holde Augen sah ich blinken
Unter einem Blumenkranze;
In des Trankes Himmelglanze
Trat er in den Kreis herein.
Und er hieß mich freundlich trinken;
Und ich dacht': es kann der Knabe,
Mit der schönen lichten Gabe,
Wahrlich! nicht der Böse sein.

Trinke Mut des reinen Lebens!
Dann verstehst du die Belehrung,
Kommst, mit ängstlicher Beschwörung,
Nicht zurück an diesen Ort.
Grabe hier nicht mehr vergebens.
Tages Arbeit! Abends Gäste!
Saure Wochen! Frohe Feste!
Sei dein künftig Zauberwort.

Der Gott und die Bajadere
Indische Legende

Mahadöh, der Herr der Erde,
Kommt herab zum sechstenmal,
Daß er unsers gleichen werde,
Mit zu fühlen Freud' und Qual.
Er bequemt sich hier zu wohnen,
Läßt sich alles selbst geschehn.
Soll er strafen oder schonen,
Muß er Menschen menschlich sehn.
Und hat er die Stadt sich als Wandrer betrachtet,
Die Großen belauert, auf Kleine geachtet,
Verläßt er sie Abends, um weiter zu gehn.

Als er nun hinausgegangen,
Wo die letzten Häuser sind,
Sieht er, mit gemalten Wangen,
Ein verlornes schönes Kind.
Grüß' dich, Jungfrau! – Dank der Ehre!
Wart', ich komme gleich hinaus –
Und wer bist du? – Bajadere,
Und dies ist der Liebe Haus.
Sie rührt sich, die Zimbeln zum Tanze zu schlagen;
Sie weiß sich so lieblich im Kreise zu tragen,
Sie neigt sich und biegt sich, und reicht ihm den Strauß.

Schmeichelnd zieht sie ihn zur Schwelle,
Lebhaft ihn ins Haus hinein.
Schöner Fremdling, lampenhelle
Soll sogleich die Hütte sein.
Bist du müd', ich will dich laben,
Lindern deiner Füße Schmerz.
Was du willst, das sollst du haben,
Ruhe, Freuden oder Scherz.
Sie lindert geschäftig geheuchelte Leiden.
Der Göttliche lächelt; er siehet mit Freuden,
Durch tiefes Verderben, ein menschliches Herz.

Und er fordert Sklavendienste;
Immer heitrer wird sie nur,
Und des Mädchens frühe Künste
Werden nach und nach Natur.
Und so stellet auf die Blüte
Bald und bald die Frucht sich ein;
Ist Gehorsam im Gemüte,
Wird nicht fern die Liebe sein.
Aber, sie schärfer und schärfer zu prüfen,
Wählet der Kenner der Höhen und Tiefen
Lust und Entsetzen und grimmige Pein.

Und er küßt die bunten Wangen,
Und sie fühlt der Liebe Qual,
Und das Mädchen steht gefangen,

Und sie weint zum erstenmal;
Sinkt zu seinen Füßen nieder,
Nicht um Wollust noch Gewinst,
Ach! und die gelenken Glieder,
Sie versagen allen Dienst.
Und so zu des Lagers vergnüglicher Feier
Bereiten den dunklen behaglichen Schleier
Die nächtlichen Stunden das schöne Gespinst.

Spät entschlummert, unter Scherzen,
Früh erwacht, nach kurzer Rast,
Findet sie, an ihrem Herzen,
Tot den vielgeliebten Gast.
Schreiend stürzt sie auf ihn nieder;
Aber nicht erweckt sie ihn,
Und man trägt die starren Glieder
Bald zur Flammengrube hin.
Sie höret die Priester, die Totengesänge,
Sie raset und rennet, und teilet die Menge.
Wer bist du? was drängt zu der Grube dich hin?

Bei der Bahre stürzt sie nieder,
Ihr Geschrei durchdringt die Luft:
Meinen Gatten will ich wieder!
Und ich such' ihn in der Gruft.
Soll zu Asche mir zerfallen
Dieser Glieder Götterpracht?

Mein! er war es, mein vor allen!
Ach, nur Eine süße Nacht!
Es singen die Priester: wir tragen die Alten,
Nach langem Ermatten und spätem Erkalten,
Wir tragen die Jugend, noch eh' sie's gedacht.

Höre deiner Priester Lehre:
Dieser war dein Gatte nicht.
Lebst du doch als Bajadere,
Und so hast du keine Pflicht.
Nur dem Körper folgt der Schatten
In das stille Totenreich;
Nur die Gattin folgt dem Gatten:
Das ist Pflicht und Ruhm zugleich.
Ertöne Drommete zu heiliger Klage!
O, nehmet, ihr Götter! die Zierde der Tage,
O, nehmet den Jüngling in Flammen zu euch!

So das Chor, das ohn' Erbarmen
Mehret ihres Herzens Not;
Und mit ausgestreckten Armen
Springt sie in den heißen Tod.
Doch der Götter-Jüngling hebet
Aus der Flamme sich empor,
Und in seinen Armen schwebet
Die Geliebte mit hervor.

Es freut sich die Gottheit der reuigen Sünder;
Unsterbliche heben verlorene Kinder
Mit feurigen Armen zum Himmel empor.

Der Zauberlehrling

Hat der alte Hexenmeister
Sich doch einmal wegbegeben!
Und nun sollen seine Geister
Auch nach meinem Willen leben.
Seine Wort' und Werke
Merkt' ich, und den Brauch,
Und mit Geistesstärke
Tu' ich Wunder auch.

Walle, walle,
Manche Strecke!
Daß, zum Zwecke,
Wasser fließe,
Und mit reichem, vollem Schwalle
Zu dem Bade sich ergieße.

Und nun komm du alter Besen,
Nimm die schlechten Lumpenhüllen!
Bist schon lange Knecht gewesen;
Nun erfülle meinen Willen.
Auf zwei Beinen stehe,
Oben sei ein Kopf.
Eile nun, und gehe
Mit dem Wassertopf!

Walle, walle,
Manche Strecke!
Daß, zum Zwecke,
Wasser fließe,
Und, mit reichem, vollem Schwalle,
Zu dem Bade sich ergieße.

Seht, er läuft zum Ufer nieder;
Wahrlich! ist schon an dem Flusse,
Und mit Blitzesschnelle wieder
Ist er hier mit raschem Gusse.
Schon zum zweitenmale!
Wie das Becken schwillt!
Wie sich jede Schale
Voll mit Wasser füllt!

Stehe, stehe!
Denn wir haben
Deiner Gaben
Vollgemessen! –
Ach, ich merk' es! Wehe! wehe!
Hab' ich doch das Wort vergessen!

Ach! das Wort, worauf am Ende
Er das wird, was er gewesen.
Ach! er läuft und bringt behende.
Wärst du doch der alte Besen!

Immer neue Güsse
Bringt er schnell herein,
Ach! und hundert Flüsse
Stürzen auf mich ein.

Nein, nicht länger
Kann ich's lassen;
Will ihn fassen.
Das ist Tücke!
Ach! nun wird mir immer bänger!
Welche Miene! welche Blicke!

O, du Ausgeburt der Hölle!
Soll das ganze Haus ersaufen?
Seh' ich über jede Schwelle
Doch schon Wasserströme laufen.
Ein verruchter Besen,
Der nicht hören will!
Stock, der du gewesen,
Steh doch wieder still!

Willst's am Ende
Gar nicht lassen?
Will dich fassen,
Will dich halten,
Und das alte Holz behende
Mit dem scharfen Beile spalten.

Seht, da kommt er schleppend wieder!
Wie ich mich nur auf dich werfe,
Gleich, o Kobold, liegst du nieder;
Krachend trifft die glatte Schärfe.
Wahrlich! brav getroffen!
Seht, er ist entzwei!
Und nun kann ich hoffen,
Und ich atme frei!

Wehe! wehe!
Beide Teile
Stehn in Eile
Schon als Knechte
Völlig fertig in die Höhe!
Helft mir, ach! ihr hohen Mächte!

Und sie laufen! Naß und nässer
Wird's im Saal und auf den Stufen.
Welch' entsetzliches Gewässer!
Herr und Meister, hör' mich rufen! –
Ach, da kommt der Meister!
Herr, die Not ist groß!
Die ich rief, die Geister,
Werd' ich nun nicht los.

»In die Ecke
Besen! Besen!

Seid's gewesen.
Denn als Geister
Ruft euch nur, zu seinem Zwecke,
Erst hervor der alte Meister.«

Die Metamorphose der Pflanzen

Dich verwirret Geliebte die tausendfältige Mischung
Dieses Blumengewühls über dem Garten umher,
Viele Namen hörest du an und immer verdränget,
Mit barbarischem Klang, einer den andern im Ohr,
Alle Gestalten sind ähnlich und keine gleichet der andern
Und so deutet das Chor auf ein geheimes Gesetz,
Auf ein heiliges Rätsel. O! könnt ich dir, liebliche Freundin,
Überliefern sogleich glücklich das lösende Wort.
Werdend betrachte sie nun, wie, nach und nach sich die Pflanze,
Stufenweise geführt, bilde zu Blüten und Frucht.
Aus dem Samen entwickelt sie sich, sobald ihn der Erde
Stille befeuchtender Schoß hold in das Leben entläßt,
Und dem Reize des Lichts, des heiligen, ewig bewegten,
Gleich den zartesten Bau keimender Blätter empfiehlt.
Einfach schlief in dem Samen die Kraft, ein beginnendes Vorbild

Lag verschlossen in sich unter die Hülle gebeugt:
Blatt und Wurzel und Keim, nur halb geformet
und farblos,
Trocken erhält so der Kern ruhiges Leben bewahrt,
Quillet strebend empor, sich milder Feuchte
vertrauend
Und erhebt sich sogleich aus der umgebenden
Nacht.
Aber einfach bleibt die Gestalt der ersten Erscheinung,
Und so bezeichnet sich auch unter den Pflanzen
das Kind.
Gleich darauf ein folgender Trieb, sich erhebend,
erneuet
Knoten auf Knoten getürmt, immer das erste
Gebild,
Zwar nicht immer das gleiche, denn mannigfaltig
erzeugt sich
Ausgebildet, du siehsts, immer das folgende Blatt,
Ausgedehnter, gekerbter, getrennter in Spitzen
und Teile
Die verwachsen vorher ruhten im untern Organ.
Und so erreicht es zuerst die höchst bestimmte
Vollendung,
Die bei manchem Geschlecht dich zum
Erstaunen bewegt.
Viel gerippt und gezackt, auf mastig strotzender
Fläche

Scheinet die Fülle des Triebs frei und unendlich zu sein.
Doch hier hält die Natur, mit mächtigen Händen, die Bildung
An, und lenket sie sanft in das Vollkommnere hin.
Mäßiger leitet sie nun den Saft, verengt die Gefäße
Und gleich zeigt die Gestalt zärtere Wirkungen an.
Stille zieht sich der Trieb der strebenden Ränder zurücke,
Und die Rippe des Stiels bildet sich völliger aus.
Blattlos aber und schnell erhebt sich der zärtere Stengel
Und ein Wundergebild zieht den Betrachtenden an.
Rings im Kreise stellet sich nun, gezählet und ohne
Zahl, das kleinere Blatt neben dem ähnlichen hin.
Um die Achse bildet sich so der bergende Kelch aus,
Der zur höchsten Gestalt farbige Kronen entläßt.
Also prangt die Natur in hoher, voller Erscheinung
Und sie zeiget, gerecht, Glieder an Glieder gestuft,
Immer erstaunst du aufs neue sobald sich am Stengel die Blume,
Über dem schlanken Gerüst wechselnder Blätter bewegt.
Aber die Herrlichkeit wird des neuen Schaffens Verkündung.
Ja, das farbige Blatt fühlet die göttliche Hand,

Und zusammen zieht es sich schnell, die zärtesten Formen
Wickeln sich zwiefach hervor, sich zu vereinen bestimmt.
Traulich stehen sie nun, die holden Paare, beisammen,
Zahlreich reihen sie sich um den geweihten Altar,
Hymen schwebet herbei und herrliche Düfte, gewaltig,
Strömen süßen Geruch alles belebend umher.
Nun vereinzelt schwellen sogleich unzählige Keime,
Hold in den Mutterschoß schwellender Früchte gehüllt.
Und hier schließt die Natur den Ring der ewigen Kräfte,
Doch ein neuer sogleich fasset den vorigen an;
Daß die Kette sich fort durch alle Zeiten verlänge,
Und das Ganze belebt so wie das Einzelne sei.
Nun Geliebte wende den Blick zum bunten Gewimmel,
Das verwirrend nicht mehr sich vor dem Geiste bewegt.
Jede Pflanze winket dir nun die ewgen Gesetze,
Jede Blume sie spricht lauter und lauter mit dir.
Aber entzifferst du hier der Göttin heilige Lettern,
Überall siehst du sie dann, auch in verändertem Zug.

Kriechend zaudre die Raupe, der Schmetterling eile geschäftig,
Bildsam ändre der Mensch selbst die bestimmte Gestalt.
O! gedenke denn auch wie, aus dem Keim der Bekanntschaft,
Nach und nach in uns holde Gewohnheit ersproß,
Freundschaft sich mit Macht aus unserm innern enthüllte,
Und wie Amor zuletzt Blüten und Früchte gezeugt.
Denke wie mannigfach bald diese bald jene Gestalten,
Still entfaltend, Natur unsern Gefühlen geliehn,
Freue dich auch des heutigen Tags! die heilige Liebe
Strebt zu der höchsten Frucht gleicher Gesinnungen auf,
Gleicher Ansicht der Dinge, damit in harmonischem Anschaun
Sich verbinde das Paar finde die höhere Welt.

Natur und Kunst sie scheinen sich zu fliehen,
Und haben sich, eh' man es denkt, gefunden;
Der Widerwille ist auch mir verschwunden,
Und beide scheinen gleich mich anzuziehen.

Es gilt wohl nur ein redliches Bemühen!
Und wenn wir erst in abgemess'nen Stunden
Mit Geist und Fleiß uns an die Kunst gebunden,
Mag frei Natur im Herzen wieder glühen.

So ist's mit aller Bildung auch beschaffen:
Vergebens werden ungebundne Geister
Nach der Vollendung reiner Höhe streben.

Wer Großes will muß sich zusammenraffen;
In der Beschränkung zeigt sich erst der Meister,
Und das Gesetz nur kann uns Freiheit geben.

Das Sonett

Sich in erneutem Kunstgebrauch zu üben,
Ist heil'ge Pflicht, die wir dir auferlegen:
Du kannst dich auch, wie wir, bestimmt bewegen
Nach Tritt und Schritt, wie es dir vorgeschrieben.

Denn eben die Beschränkung läßt sich lieben,
Wenn sich die Geister gar gewaltig regen;
Und wie sie sich denn auch gebärden mögen,
Das Werk zuletzt ist doch vollendet blieben.

So möcht' ich selbst in künstlichen Sonetten,
In sprachgewandter Maße kühnem Stolze,
Das Beste, was Gefühl mir gäbe, reimen;

Nur weiß ich hier mich nicht bequem zu betten,
Ich schneide sonst so gern aus ganzem Holze,
Und müßte nun doch auch mitunter leimen.

Nachtgesang

O! gib, vom weichen Pfühle,
Träumend, ein halb Gehör!
Bei meinem Saitenspiele
Schlafe! was willst du mehr?

Bei meinem Saitenspiele
Segnet der Sterne Heer
Die ewigen Gefühle;
Schlafe! was willst du mehr?

Die ewigen Gefühle
Heben mich, hoch und hehr,
Aus irdischem Gewühle;
Schlafe! was willst du mehr?

Vom irdischen Gewühle
Trennst du mich nur zu sehr,
Bannst mich in diese Kühle;
Schlafe! was willst du mehr?

Bannst mich in diese Kühle,
Gibst nur im Traum Gehör.
Ach! auf dem weichen Pfühle
Schlafe! was willst du mehr?

Dauer im Wechsel

Hielte diesen frühen Segen
Ach nur Eine Stunde fest!
Aber vollen Blütenregen
Schüttelt schon der laue West.
Soll ich mich des Grünen freuen?
Dem ich Schatten erst verdankt;
Bald wird Sturm auch das zerstreuen,
Wenn es falb im Herbst geschwankt.

Willst du nach den Früchten greifen;
Eilig nimm dein Teil davon!
Diese fangen an zu reifen
Und die andern keimen schon;
Gleich, mit jedem Regengusse,
Ändert sich dein holdes Tal,
Ach! und in demselben Flusse
Schwimmst du nicht zum zweitenmal.

Du nun selbst! Was felsenfeste
Sich vor dir hervorgetan,
Mauern siehst du, siehst Paläste
Stets mit andern Augen an.
Weggeschwunden ist die Lippe,
Die im Kusse sonst genas,

Jener Fuß, der an der Klippe
Sich, mit Gemsenfreche, maß.

Jene Hand, die gern und milde
Sich bewegte wohlzutun,
Das gegliederte Gebilde,
Alles ist ein andres nun.
Und was sich, an jener Stelle,
Nun mit deinem Namen nennt,
Kam herbei, wie eine Welle,
Und so eilt's zum Element.

Laß den Anfang mit dem Ende
Sich in Eins zusammenziehn!
Schneller als die Gegenstände
Selber dich vorüberfliehn.
Danke, daß die Gunst der Musen
Unvergängliches verheißt,
Den Gehalt in deinem Busen
Und die Form in deinem Geist.

Wär' nicht das Auge sonnenhaft,
Die Sonne könnt' es nie erblicken;
Läg' nicht in uns des Gottes eigne Kraft,
Wie könnt' uns Göttliches entzücken?

Mächtiges Überraschen

Ein Strom entrauscht umwölktem Felsensaale
Dem Ozean sich eilig zu verbinden;
Was auch sich spiegeln mag von Grund zu Gründen,
Er wandelt unaufhaltsam fort zu Tale.

Dämonisch aber stürzt mit einem Male –
Ihr folgen Berg und Wald in Wirbelwinden –
Sich Oreas, Behagen dort zu finden,
Und hemmt den Lauf, begrenzt die weite Schale.

Die Welle sprüht, und staunt zurück und weichet,
Und schwillt bergan, sich immer selbst zu trinken;
Gehemmt ist nun zum Vater hin das Streben.

Sie schwankt und ruht, zum See zurückgedeichet;
Gestirne, spiegelnd sich, beschaun das Blinken
Des Wellenschlags am Fels, ein neues Leben.

Die Liebende abermals

Warum ich wieder zum Papier mich wende?
Das mußt du, Liebster, so bestimmt nicht fragen:
Denn eigentlich hab' ich dir nichts zu sagen;
Doch kommt's zuletzt in deine lieben Hände.

Weil ich nicht kommen kann, soll was ich sende
Mein ungeteiltes Herz hinüber tragen
Mit Wonnen, Hoffnungen, Entzücken, Plagen:
Das alles hat nicht Anfang, hat nicht Ende.

Ich mag vom heut'gen Tag dir nichts vertrauen,
Wie sich im Sinnen, Wünschen, Wähnen, Wollen
Mein treues Herz zu dir hinüber wendet,

So stand ich einst vor dir, dich anzuschauen
Und sagte nichts. Was hätt' ich sagen sollen?
Mein ganzes Wesen war in sich vollendet.

Das Tagebuch

1810

– aliam tenui, sed iam quum gaudia adirem,
Admonuit dominae deseruitque Venus.

I

Wir hören's oft und glauben's wohl am Ende
Das Menschenherz sei ewig unergründlich
Und wie man auch sich hin und wieder wende
So sei der Christe wie der Heide sündlich.
Das Beste bleibt, wir geben uns die Hände
Und nehmen's mit der Lehre nicht empfindlich:
Denn zeigt sich auch ein Dämon uns versuchend,
So waltet was, gerettet ist die Tugend.

II

Von meiner Trauten lange Zeit entfernet,
Wie's öfters geht, nach irdischem Gewinne
Und was ich auch gewonnen und gelernet,
So hatt ich doch nur immer Sie im Sinne,
Und wie zu Nacht der Himmel erst sich sternet
Erinn'rung uns umleuchtet ferner Minne:
So ward im Federzug des Tags Ereignis
Mit süßen Worten Ihr ein freundlich Gleichnis.

III

Ich eilte nun zurück. Zerbrochen sollte
Mein Wagen mich noch eine Nacht verspäten
Schon dacht' ich mich wie ich zu Hause rollte;
Allein da war Geduld und Werk von nöten
Und wie ich auch mit Schmied und Wagner tollte
Sie hämmerten verschmähten viel zu reden
Ein jedes Handwerk hat nun seine Schnurren.
Was blieb mir nun zu weilen und zu murren.

IV

So stand ich nun! Der Stern des nächsten Schildes
Berief mich hin, die Wohnung schien erträglich
Ein Mädchen kam, des seltensten Gebildes,
Das Licht erleuchtend. Mir ward gleich behäglich.
Hausflur und Treppe sah' ich als ein Mildes,
Die Zimmerchen erfreuten mich unsäglich.
Den sündigen Menschen der im Freien schwebet
Die Schönheit spinnt, sie ist's die ihn umwebet.

V

Nun setzt' ich mich zu meiner Tasch' und Briefen
Und meines Tagebuchs Genauigkeiten,
Um so wie sonst, wenn alle Menschen schliefen,
Mir und der Trauten Freude zu bereiten;
Doch weiß ich nicht, die Tintenworte liefen
Nicht so wie sonst in alle Kleinigkeiten:

Das Mädchen kam, des Abendessens Bürde
Verteilte sie gewandt mit Gruß und Würde.

VI

Sie geht und kommt; ich spreche, sie erwiedert.
Mit jedem Wort erscheint sie mir geschmückter.
Und wie sie leicht mir nun das Huhn zergliedert
Bewegend Hand und Arm, geschickt, geschickter.
Was auch das tolle Zeug in uns befiedert,
Genug ich bin verworr'ner bin verrückter,
Den Stuhl umwerfend spring' ich auf und fasse
Das schöne Kind; sie lispelt: Lasse, lasse!

VII

Die Muhme drunten lauscht, ein alter Drache,
Sie zählt bedächtig des Geschäfts Minute;
Sie denkt sich unten, was ich oben mache,
Bei jedem Zögern schwenkt sie frisch die Rute.
Doch schließe deine Türe nicht und wache
So kommt die Mitternacht uns wohl zu Gute.
Rasch meinem Arm entwindet sie die Glieder,
Und eilet fort und kommt nur dienend wieder;

VIII

Doch blickend auch! so daß aus jedem Blicke
Sich himmlisches Versprechen mir entfaltet.

Den stillen Seufzer drängt sie nicht zurücke,
Der ihren Busen herrlicher gestaltet.
Ich sehe, daß am Ohr, um Hals und G'nicke
Der flüchtigen Röte Liebesblüte waltet,
Und da sie nichts zu leisten weiter findet,
Geht sie und zögert, sieht sich um, verschwindet.

IX

Der Mitternacht gehören Haus und Straßen,
Mir ist ein weites Lager aufbereitet,
Wovon den kleinsten Teil mir anzumaßen
Die Liebe rät, die alles wohl bereitet.
Ich zaudre noch die Kerzen auszublasen
Nun hör' ich sie, wie leise sie auch gleitet,
Mit gierigem Blick die Hochgestalt umschweif' ich
Sie legt sich bei, die Wohlgestalt ergreif' ich.

X

Sie macht sich los: Vergönne daß ich rede
Damit ich dir nicht völlig fremd gehöre.
Der Schein ist wider mich, sonst war ich blöde
Stets gegen Männer setzt' ich mich zur Wehre
Mich nennt die Stadt, mich nennt die Gegend spröde;
Nun aber weiß ich, wie das Herz sich kehre:
Du bist mein Sieger, laß Dich's nicht verdrießen,
Ich sah, ich liebte, schwur dich zu genießen.

XI

Du hast mich rein, und wenn ich's besser wüßte
So gäb' ich's Dir; ich tue was ich sage.
So schließt sie mich an ihre süßen Brüste
Als ob ihr nur an meiner Brust behage.
Und wie ich Mund und Aug' und Stirne küßte
So war ich doch in wunderbarer Lage:
Denn der so hitzig sonst den Meister spielet
Weicht schülerhaft zurück und abgekühlet.

XII

Ihr scheint ein süßes Wort, ein Kuß zu g'nügen,
Als wär' es alles was ihr Herz begehrte
Wie keusch sie mir, mit liebevollem Fügen,
Des süßen Körpers Fülleform gewährte!
Entzückt und froh in allen ihren Zügen
Und ruhig dann, als wenn sie nichts entbehrte.
So ruht' ich auch, gefällig sie beschauend,
Noch auf den Meister hoffend und vertrauend.

XIII

Doch als ich länger mein Geschick bedachte,
Von tausend Flüchen mir die Seele kochte,
Mich selbst verwünschend, grinsend mich belachte
Nichts besser ward, wie ich auch zaudern mochte:
Da lag sie schlafend, schöner als sie wachte;
Die Lichter dämmerten mit langem Dochte.

Der Tages-Arbeit, jugendlicher Mühe
Gesellt sich gern der Schlaf und nie zu frühe.

XIV

So lag sie himmlisch an bequemer Stelle,
Als wenn das Lager ihr allein gehörte,
Und an die Wand gedrückt, gequetscht zur Hölle
Ohnmächtig Jener, dem sie nichts verwehrte.
Vom Schlangenbisse fällt zunächst der Quelle
Ein Wanderer so, den schon der Durst verzehrte.
Sie atmet lieblich holdem Traum entgegen;
Er hält den Atem, sie nicht aufzuregen.

XV

Gefaßt bei dem was ihm noch nie begegnet,
Spricht er zu sich: so mußt du doch erfahren
Warum der Bräutigam sich kreuzt und segnet,
Vor Nestelknüpfen scheu sich zu bewahren.
Weit lieber da wo's Hellebarden regnet
Als hier im Schimpf! So war es nicht vor Jahren,
Als Deine Herrin Dir zum ersten Male
Vor's Auge trat im Prachterhellten Saale.

XVI

Da quoll dein Herz, da quollen deine Sinnen
So daß der ganze Mensch entzückt sich regte.

Zum raschen Tanze trugst du sie von hinnen,
Die kaum der Arm und schon der Busen hegte.
Als wolltest Du Dir selbst sie abgewinnen,
Vervielfacht war was sich für sie bewegte:
Verstand und Witz und alle Lebensgeister
Und rascher als die andern jener Meister.

XVII

So immerfort wuchs Neigung und Begierde
Brautleute wurden wir im frühen Jahre
Sie selbst des Maien schönste Blum' und Zierde
Wie wuchs die Kraft zur Lust im jungen Paare!
Und als ich endlich sie zur Kirche führte:
Gesteh' ich's nur, vor Priester und Altare,
Vor deinem Jammerkreuz blutrünstger Christe,
Verzeih mir's Gott! es regte sich der Iste.

XVIII

Und ihr, der Brautnacht reiche Bettgehänge,
Ihr Pfühle, die ihr euch so breit erstrecktet,
Ihr Teppiche, die Lieb' und Lustgedränge
Mit euren seidnen Fittigen bedecktet
Ihr Käfigvögel, deren Zwitzer Sänge
Zu neuer Lust und nie zu früh uns wecktet
Ihr kanntet uns von euerem Schutz umfriedet
Teilnehmend sie, mich immer unermüdet.

XIX

Und wie wir oft sodann im Raub genossen
Nach Buhlenart des Ehstands heilige Rechte
Von reifer Saat umwogt, vom Rohr umschlossen
An manchem Unort wo ich's mich erfrechte
Wir waren augenblicklich, unverdrossen
Und wiederholt bedient vom braven Knechte!
Verfluchter Knecht, wie unerwecklich liegst Du!
Und deinen Herrn um's schönste Glück betriegst du.

XX

Doch Meister Iste hat nun seine Grillen
Und läßt sich nicht befehlen noch verachten.
Auf einmal ist er da und ganz im Stillen
Erhebt er sich zu allen seinen Prachten.
So steht es nun dem Wandrer ganz zu Willen,
Nicht lechzend mehr am Quell zu übernachten.
Er neigt sich hin, er will die Schläferin küssen,
Allein er stockt, er fühlt sich weggerissen.

XXI

Wer hat zur Kraft ihn wieder aufgestählet?
Als jenes Bild, das ihm auf ewig teuer,
Mit dem er sich in Jugendlust vermählet
Dort leuchtet her ein frisch erquicklich Feuer
Und wie er erst in Ohnmacht sich gequälet;
So wird nun hier dem Starken nicht geheuer,

Er schaudert weg, vorsichtig, leise, leise
Entzieht er sich dem holden Zauberkreise,

XXII

Sitzt, schreibt: Ich nahte mich der heimischen Pforte
Entfernen wollten mich die letzten Stunden,
Da hab' ich nun am sonderbarsten Orte
Mein treues Herz aufs neue dir verbunden.
Zum Schlusse findest du geheime Worte:
Die Krankheit erst bewähret den Gesunden.
Dies Büchlein soll dir manches Gute zeigen,
Das Beste nur, muß ich zuletzt verschweigen.

XXIII

Da kräht der Hahn. Das Mädchen schnell entwindet
Der Decke sich und wirft sich rasch ins Mieder.
Und da sie sich so seltsam wiederfindet,
So stutzt sie, blickt und schlägt die Augen nieder,
Und da sie ihm zum letzten Mal verschwindet
Im Auge bleiben ihm die schönen Glieder;
Das Posthorn tönt, er wirft sich in den Wagen
Und läßt getrost sich zu der Liebsten tragen.

XXIV

Und weil zuletzt bei jeder Dichtungsweise
Moralien uns ernstlich fördern sollen;

So will auch ich in so beliebtem Gleise
Euch gern bekennen was die Verse wollen:
Wir stolpern wohl auf unsrer Lebensreise,
Und doch vermögen in der Welt, der tollen,
Zwei Hebel viel auf's irdische Getriebe:
Sehr viel die Pflicht, unendlich mehr die Liebe.

Gegenwart

Alles kündet Dich an!
Erscheinet die herrliche Sonne,
Folgst Du, so hoff' ich es, bald.

Trittst Du im Garten hervor,
So bist Du die Rose der Rosen,
Lilie der Lilien zugleich.

Wenn Du im Tanze Dich regst,
So regen sich alle Gestirne
Mit Dir und um Dich umher.

Nacht! und so wär' es denn Nacht!
Nun überscheinst Du des Mondes
Lieblichen, ladenden Glanz.

Ladend und lieblich bist Du,
Und Blumen, Mond und Gestirne
Huldigen, Sonne, nur Dir.

Sonne! so sei Du auch mir
Die Schöpferin herrlicher Tage;
Leben und Ewigkeit ist's.

Gefunden

Ich ging im Walde
So für mich hin,
Und nichts zu suchen
Das war mein Sinn.

Im Schatten sah' ich
Ein Blümchen stehn,
Wie Sterne leuchtend,
Wie Äuglein schön.

Ich wollt' es brechen;
Da sagt' es fein:
Soll ich zum Welken
Gebrochen sein?

Ich grub's mit allen
Den Würzlein aus,
Zum Garten trug ich's
Am hübschen Haus.

Und pflanzt es wieder
Am stillen Ort;
Nun zweigt es immer
Und blüht so fort.

Im Gegenwärtigen Vergangnes

Ros' und Lilie morgentaulich
Blüht im Garten meiner Nähe,
Hinten an bebuscht und traulich
Steigt der Felsen in die Höhe.
Und mit hohem Wald umzogen,
Und mit Ritterschloß gekrönet,
Lenkt sich hin des Gipfels Bogen,
Bis er sich dem Tal versöhnet.

Und da duftets wie vor Alters,
Da wir noch von Liebe litten,
Und die Saiten meines Psalters
Mit dem Morgenstrahl sich stritten.
Wo das Jagdlied aus den Büschen,
Fülle runden Tons enthauchte,
Anzufeuern, zu erfrischen
Wie's der Busen wollt' und brauchte.

Nun die Wälder ewig sprossen
So ermutigt euch mit diesen,
Was ihr sonst für euch genossen
Läßt in Andern sich genießen.
Niemand wird uns dann beschreien
Daß wirs uns alleine gönnen,

Nun in allen Lebensreihen
Müsset ihr genießen können.

Und mit diesem Lied und Wendung
Sind wir wieder bei Hafisen
Denn es ziemt des Tags Vollendung
Mit Genießern zu genießen.

Selige Sehnsucht

Sagt es niemand, nur den Weisen,
Weil die Menge gleich verhöhnet,
Das Lebend'ge will ich preisen
Das nach Flammentod sich sehnet.

In der Liebesnächte Kühlung,
Die dich zeugte, wo du zeugtest,
Überfällt dich fremde Fühlung
Wenn die stille Kerze leuchtet.

Nicht mehr bleibest du umfangen
In der Finsternis Beschattung,
Und dich reißet neu Verlangen
Auf zu höherer Begattung.

Keine Ferne macht dich schwierig,
Kommst geflogen und gebannt,
Und zuletzt, des Lichts begierig,
Bist du Schmetterling verbrannt,

Und so lang du das nicht hast,
Dieses: Stirb und werde!
Bist du nur ein trüber Gast
Auf der dunklen Erde.

Lied und Gebilde

Mag der Grieche seinen Ton
Zu Gestalten drücken,
An der eignen Hände Sohn
Steigern sein Entzücken;

Aber uns ist wonnereich
In den Euphrat greifen,
Und im flüßgen Element
Hin und wieder schweifen.

Löscht ich so der Seele Brand
Lied es wird erschallen;
Schöpft des Dichters reine Hand
Wasser wird sich ballen.

Wink

Und doch haben sie Recht die ich schelte:
Denn daß ein Wort nicht einfach gelte
Das müßte sich wohl von selbst verstehn.
Das Wort ist ein Fächer! Zwischen den Stäben
Blicken ein Paar schöne Augen hervor.
Der Fächer ist nur ein lieblicher Flor,
Er verdeckt mir zwar das Gesicht;
Aber das Mädchen verbirgt er nicht,
Weil das schönste was sie besitzt
Das Auge, mir in's Auge blitzt.

Was verkürzt mir die Zeit?
  Tätigkeit!
Was macht sie unerträglich lang?
  Müßiggang!
Was bringt in Schulden?
  Harren und Dulden!
Was macht Gewinnen?
  Nicht lange besinnen!
Was bringt zu Ehren?
  Sich wehren!

Hegire

Nord und West und Süd zersplittern,
Throne bersten, Reiche zittern,
Flüchte du, im reinen Osten
Patriarchenluft zu kosten,
Unter Lieben, Trinken, Singen,
Soll dich Chisers Quell verjüngen.

Dort, im Reinen und im Rechten,
Will ich menschlichen Geschlechten
In des Ursprungs Tiefe dringen,
Wo sie noch von Gott empfingen
Himmelslehr' in Erdesprachen,
Und sich nicht den Kopf zerbrachen.

Wo sie Väter hoch verehrten,
Jeden fremden Dienst verwehrten;
Will mich freun der Jugendschranke:
Glaube weit, eng der Gedanke,
Wie das Wort so wichtig dort war,
Weil es ein gesprochen Wort war.

Will mich unter Hirten mischen,
An Oasen mich erfrischen,
Wenn mit Karavanen wandle,

Schawl, Kaffee und Moschus handle.
Jeden Pfad will ich betreten
Von der Wüste zu den Städten.

Bösen Felsweg auf und nieder
Trösten Hafis deine Lieder,
Wenn der Führer mit Entzücken,
Von des Maultiers hohem Rücken,
Singt, die Sterne zu erwecken,
Und die Räuber zu erschrecken.

Will in Bädern und in Schenken
Heil'ger Hafis dein gedenken,
Wenn den Schleier Liebchen lüftet,
Schüttlend Ambralocken düftet.
Ja des Dichters Liebeflüstern
Mache selbst die Huris lüstern.

Wolltet ihr ihm dies beneiden,
Oder etwa gar verleiden;
Wisset nur, daß Dichterworte
Um des Paradieses Pforte
Immer leise klopfend schweben,
Sich erbittend ew'ges Leben.

Es ist gut

Bei Mondenschein im Paradeis
Fand Jehova im Schlafe tief
Adam versunken, legte leis'
Zur Seit' ein Evchen, das auch entschlief.
Da lagen nun in Erdeschranken
Gottes zwei lieblichste Gedanken. –
Gut!!! rief er sich zum Meisterlohn,
Er ging sogar nicht gern davon.

Kein Wunder daß es uns berückt,
Wenn Auge frisch in Auge blickt,
Als hätten wir's so weit gebracht
Bei dem zu sein der uns gedacht.
Und ruft er uns, wohlan! es sei!
Nur, das beding' ich, alle zwei.
Dich halten dieser Arme Schranken,
Liebster von allen Gottes-Gedanken.

Talismane

Gottes ist der Orient!
Gottes ist der Okzident!
Nord- und südliches Gelände
Ruht im Frieden seiner Hände.

Er der einzige Gerechte
Will für jedermann das Rechte.
Sei, von seinen hundert Namen,
Dieser hochgelobet! Amen.

Mich verwirren will das Irren;
Doch du weißt mich zu entwirren.
Wenn ich handle, wenn ich dichte,
Gib du meinem Weg die Richte.

Ob ich Ird'sches denk' und sinne
Das gereicht zu höherem Gewinne.
Mit dem Staube nicht der Geist zerstoben
Dringet, in sich selbst gedrängt, nach oben.

Im Atemholen sind zweierlei Gnaden:
Die Luft einziehn, sich ihrer entladen.
Jenes bedrängt, dieses erfrischt;
So wunderbar ist das Leben gemischt.

Du danke Gott, wenn er dich preßt,
Und dank' ihm, wenn er dich wieder entläßt.

Unbegrenzt

Daß du nicht enden kannst das macht dich groß,
Und daß du nie beginnst das ist dein Los.
Dein Lied ist drehend wie das Sterngewölbe,
Anfang und Ende immer fort dasselbe,
Und was die Mitte bringt ist offenbar,
Das was zu Ende bleibt und Anfangs war.

Du bist der Freuden echte Dichterquelle,
Und ungezählt entfließt dir Well' auf Welle.
Zum Küssen stets bereiter Mund,
Ein Brustgesang der lieblich fließet,
Zum Trinken stets gereizter Schlund,
Ein gutes Herz das sich ergießet.

Und mag die ganze Welt versinken,
Hafis mit dir, mit dir allein
Will ich wetteifern! Lust und Pein
Sei uns den Zwillingen gemein!
Wie du zu lieben und zu trinken
Das soll mein Stolz, mein Leben sein.

Nun töne Lied mit eignem Feuer!
Denn du bist älter, du bist neuer.

Suleika spricht

Der Spiegel sagt mir ich bin schön!
Ihr sagt: zu altern sei auch mein Geschick.
Vor Gott muß alles ewig stehn,
In mir liebt Ihn, für diesen Augenblick.

Hatem

Nicht Gelegenheit macht Diebe,
Sie ist selbst der größte Dieb,
Denn sie stahl den Rest der Liebe
Die mir noch im Herzen blieb.

Dir hat sie ihn übergeben
Meines Lebens Vollgewinn,
Daß ich nun, verarmt, mein Leben
Nur von dir gewärtig bin.

Doch ich fühle schon Erbarmen
Im Karfunkel deines Blicks
Und erfreu' in deinen Armen
Mich erneuerten Geschicks.

Suleika

Hochbeglückt in deiner Liebe
Schelt ich nicht Gelegenheit,
Ward sie auch an dir zum Diebe
Wie mich solch ein Raub erfreut!

Und wozu denn auch berauben?
Gib dich mir aus freier Wahl,
Gar zu gerne möcht ich glauben –
Ja! ich bin's die dich bestahl.

Was so willig du gegeben
Bringt dir herrlichen Gewinn,
Meine Ruh, mein reiches Leben
Geb' ich freudig, nimm es hin.

Scherze nicht! Nichts von Verarmen!
Macht uns nicht die Liebe reich?
Halt ich dich in meinen Armen,
Jedem Glück ist meines gleich.

Gingo biloba

Dieses Baum's Blatt, der von Osten
Meinem Garten anvertraut,
Gibt geheimen Sinn zu kosten,
Wie's den Wissenden erbaut.

Ist es Ein lebendig Wesen?
Das sich in sich selbst getrennt,
Sind es zwei? die sich erlesen,
Daß man sie als eines kennt.

Solche Frage zu erwidern
Fand ich wohl den rechten Sinn;
Fühlst du nicht an meinen Liedern
Daß ich Eins und doppelt bin?

Wiederfinden

Ist es möglich, Stern der Sterne,
Drück' ich wieder dich ans Herz!
Ach! was ist die Nacht der Ferne
Für ein Abgrund, für ein Schmerz.
Ja du bist es! meiner Freuden
Süßer, lieber Widerpart;
Eingedenk vergangner Leiden
Schaudr' ich vor der Gegenwart.

Als die Welt im tiefsten Grunde
Lag an Gottes ew'ger Brust,
Ordnet' er die erste Stunde
Mit erhabner Schöpfungslust,
Und er sprach das Wort: Es werde!
Da erklang ein schmerzlich Ach!
Als das All, mit Machtgebärde,
In die Wirklichkeiten brach.

Auf tat sich das Licht! sich trennte
Scheu die Finsterniß von ihm,
Und sogleich die Elemente
Scheidend auseinander fliehn.
Rasch, in wilden wüsten Träumen,
Jedes nach der Weite rang,

Starr, in ungemeßnen Räumen,
Ohne Sehnsucht, ohne Klang.

Stumm war alles, still und öde,
Einsam Gott zum erstenmal!
Da erschuf er Morgenröte,
Die erbarmte sich der Qual;
Sie entwickelte dem Trüben
Ein erklingend Farbenspiel
Und nun konnte wieder lieben
Was erst auseinander fiel.

Und mit eiligem Bestreben
Sucht sich was sich angehört,
Und zu ungemeßnem Leben
Ist Gefühl und Blick gekehrt.
Sei's Ergreifen, sei es Raffen,
Wenn es nur sich faßt und hält!
Allah braucht nicht mehr zu schaffen,
Wir erschaffen seine Welt.

So, mit morgenroten Flügeln
Riß es mich an deinen Mund,
Und die Nacht mit tausend Siegeln
Kräftigt sternenhell den Bund.
Beide sind wir auf der Erde
Musterhaft in Freud und Qual

Und ein zweites Wort: Es werde!
Trennt uns nicht zum zweitenmal.

Suleika

Ach! um deine feuchten Schwingen,
West, wie sehr ich dich beneide:
Denn du kannst ihm Kunde bringen
Was ich in der Trennung leide.

Die Bewegung deiner Flügel
Weckt im Busen stilles Sehnen,
Blumen, Augen, Wald und Hügel
Stehn bei deinem Hauch in Tränen.

Doch dein mildes sanftes Wehen
Kühlt die wunden Augenlider;
Ach für Leid müßt' ich vergehen,
Hofft' ich nicht zu sehn ihn wieder.

Eile denn zu meinem Lieben,
Spreche sanft zu seinem Herzen;
Doch vermeid' ihn zu betrüben
Und verbirg ihm meine Schmerzen.

Sag ihm, aber sag's bescheiden:
Seine Liebe sei mein Leben,
Freudiges Gefühl von beiden
Wird mir seine Nähe geben.

Hatem

Locken! haltet mich gefangen
In dem Kreise des Gesichts!
Euch geliebten braunen Schlangen
Zu erwidern hab' ich nichts.

Nur dies Herz es ist von Dauer,
Schwillt in jugendlichstem Flor;
Unter Schnee und Nebelschauer
Rast ein Ätna dir hervor.

Du beschämst wie Morgenröte
Jener Gipfel ernste Wand,
Und noch einmal fühlet Hatem
Frühlingshauch und Sommerbrand.

Schenke her! Noch eine Flasche!
Diesen Becher bring ich Ihr!
Findet sie ein Häufchen Asche,
Sagt sie: der verbrannte mir.

Lesebuch

Wunderlichstes Buch der Bücher
Ist das Buch der Liebe;
Aufmerksam hab' ich's gelesen:
Wenig Blätter Freuden,
Ganze Hefte Leiden,
Einen Abschnitt macht die Trennung.
Wiedersehn! ein klein Kapitel
Fragmentarisch. Bände Kummers
Mit Erklärungen verlängert,
Endlos ohne Maß.
O! Nisami! – doch am Ende
Hast den rechten Weg gefunden;
Unauflösliches wer löst es?
Liebende sich wieder findend.

Frühling über's Jahr

Das Beet schon lockert
Sich's in die Höh,
Da wanken Glöckchen
So weiß wie Schnee;
Safran entfaltet
Gewalt'ge Glut,
Smaragden keimt es
Und keimt wie Blut.
Primeln stolzieren
So naseweiß,
Schalkhafte Veilchen
Versteckt mit Fleiß;
Was auch noch alles
Da regt und webt,
Genug der Frühling
Er wirkt und lebt.

Doch was im Garten
Am reichsten blüht,
Das ist des Liebchens
Lieblich Gemüt.
Da glühen Blicke
Mir immerfort,
Erregend Liedchen,

Erheiternd Wort.
Ein immer offen,
Ein Blütenherz,
Im Ernste freundlich
Und rein im Scherz.
Wenn Ros' und Lilie
Der Sommer bringt,
Er doch vergebens
Mit Liebchen ringt.

Entoptische Farben

An Julien

Laß dir von den Spiegeleien
Unsrer Physiker erzählen,
Die am Phänomen sich freuen,
Mehr sich mit Gedanken quälen.

Spiegel hüben, Spiegel drüben,
Doppelstellung, auserlesen;
Und dazwischen ruht im Trüben
Als Crystall das Erdewesen.

Dieses zeigt, wenn jene blicken,
Allerschönste Farbenspiele,
Dämmerlicht das beide schicken
Offenbart sich dem Gefühle.

Schwarz wie Kreuze wirst du sehen,
Pfauenaugen kann man finden;
Tag und Abendlicht vergehen
Bis zusammen beide schwinden.

Und der Name wird ein Zeichen,
Tief ist der Crystall durchdrungen:

Aug' in Auge sieht dergleichen
Wundersame Spiegelungen.

Laß den Macrocosmus gelten,
Seine spenstischen Gestalten!
Da die lieben kleinen Welten
Wirklich Herrlichstes enthalten.

Urworte. Orphisch

ΔΑΙΜΩΝ, Dämon

Wie an dem Tag, der dich der Welt verliehen,
Die Sonne stand zum Gruße der Planeten,
Bist alsobald und fort und fort gediehen,
Nach dem Gesetz wonach du angetreten.
So mußt du sein, dir kannst du nicht entfliehen,
So sagten schon Sibyllen, so Propheten;
Und keine Zeit und keine Macht zerstückelt
Geprägte Form die lebend sich entwickelt.

ΤΥΧΗ, Das Zufällige

Die strenge Grenze doch umgeht gefällig
Ein Wandelndes, das mit und um uns wandelt;
Nicht einsam bleibst du, bildest dich gesellig,
Und handelst wohl so wie ein andrer handelt:
Im Leben ist's bald hin- bald wiederfällig,
Es ist ein Tand und wird so durchgetandelt.
Schon hat sich still der Jahre Kreis geründet,
Die Lampe harrt der Flamme die entzündet.

ΕΡΩΣ, Liebe

Die bleibt nicht aus! – Er stürzt vom Himmel nieder,
Wohin er sich aus alter Öde schwang,
Er schwebt heran auf luftigem Gefieder

Um Stirn und Brust den Frühlingstag entlang,
Scheint jetzt zu fliehn, vom Fliehen kehrt er wieder,
Da wird ein Wohl im Weh, so süß und bang.
Gar manches Herz verschwebt im Allgemeinen,
Doch widmet sich das edelste dem Einen.

ΑΝΑΓΚΗ, Nötigung

Da ist's denn wieder wie die Sterne wollten:
Bedingung und Gesetz und aller Wille
Ist nur ein Wollen, weil wir eben sollten,
Und vor dem Willen schweigt die Willkür stille;
Das Liebste wird vom Herzen weggescholten,
Dem harten Muß bequemt sich Will' und Grille.
So sind wir scheinfrei denn nach manchen Jahren
Nur enger dran als wir am Anfang waren.

ΕΛΠΙΣ, Hoffnung

Doch solcher Grenze, solcher ehrnen Mauer
Höchst widerwärt'ge Pforte wird entriegelt,
Sie stehe nur mit alter Felsendauer!
Ein Wesen regt sich leicht und ungezügelt:
Aus Wolkendecke, Nebel, Regenschauer
Erhebt sie uns, mit ihr, durch sie beflügelt,
Ihr kennt sie wohl, sie schwärmt durch alle Zonen;
Ein Flügelschlag – und hinter uns Äonen!

Um Mitternacht

Um Mitternacht ging ich, nicht eben gerne,
Klein, kleiner Knabe, jenen Kirchhof hin
Zu Vaters Haus, des Pfarrers, Stern am Sterne
Sie leuchteten doch alle gar zu schön;
Um Mitternacht.

Wenn ich dann ferner in des Lebens Weite
Zur Liebsten mußte, mußte weil sie zog,
Gestirn und Nordschein über mir im Streite,
Ich gehend, kommend Seligkeiten sog;
Um Mitternacht.

Bis dann zuletzt des vollen Mondes Helle
So klar und deutlich mir in's Finstere drang,
Auch der Gedanke willig, sinnig, schnelle
Sich um's Vergangne wie um's Künftige schlang;
Um Mitternacht.

Zwischen beiden Welten

Einer Einzigen angehören,
Einen Einzigen verehren
Wie vereint es Herz und Sinn!
Lida! Glück der nächsten Nähe,
William! Stern der schönsten Höhe,
Euch verdank' ich was ich bin.
Tag' und Jahre sind verschwunden,
Und doch ruht auf jenen Stunden
Meines Wertes Vollgewinn.

Allerdings

Dem Physiker

Ins Innre der Natur –«
O du Philister! –
»Dringt kein erschaffner Geist.«
Mich und Geschwister
Mögt ihr an solches Wort
Nur nicht erinnern:
Wir denken: Ort für Ort
Sind wir im Innern.
»Glückselig! wem sie nur
Die äußre Schale weist!«
Das hör' ich sechzig Jahre wiederholen,
Ich fluche drauf, aber verstohlen;
Sage mir tausend tausendmale:
Alles gibt sie reichlich und gern;
Natur hat weder Kern
Noch Schale,
Alles ist sie mit einemmale;
Dich prüfe du nur allermeist,
Ob du Kern oder Schale seist.

Epirrhema

Müsset im Naturbetrachten
Immer eins wie alles achten;
Nichts ist drinnen, nichts ist draußen:
Denn was innen das ist außen.
So ergreifet ohne Säumnis
Heilig öffentlich Geheimnis.

–

Freuet euch des wahren Scheins,
Euch des ernsten Spieles:
Kein Lebendiges ist ein Eins,
Immer ist's ein Vieles.

Wandersegen

Die Wanderjahre sind nun angetreten
Und jeder Schritt des Wandrers ist bedenklich.
Zwar pflegt er nicht zu singen und zu beten;
Doch wendet er, sobald der Pfad verfänglich,
Den ernsten Blick, wo Nebel ihn umtrüben,
In's eigne Herz und in das Herz der Lieben.

Eins und Alles

Im Grenzenlosen sich zu finden
Wird gern der Einzelne verschwinden,
Da löst sich aller Überdruß;
Statt heißem Wünschen, wildem Wollen,
Statt läst'gem Fordern, strengem Sollen,
Sich aufzugeben ist Genuß.

Weltseele komm uns zu durchdringen!
Dann mit dem Weltgeist selbst zu ringen
Wird unsrer Kräfte Hochberuf.
Teilnehmend führen gute Geister,
Gelinde leitend, höchste Meister,
Zu dem der alles schafft und schuf.

Und umzuschaffen das Geschaffne,
Damit sich's nicht zum Starren waffne,
Wirkt ewiges, lebendiges Tun.
Und was nicht war, nun will es werden,
Zu reinen Sonnen, farbigen Erden,
In keinem Falle darf es ruhn.

Es soll sich regen, schaffend handeln,
Erst sich gestalten, dann verwandeln;
Nur scheinbar steht's Momente still.

Das Ewige regt sich fort in allen:
Denn alles muß in Nichts zerfallen,
Wenn es im Sein beharren will.

Aussöhnung

Die Leidenschaft bringt Leiden! – Wer beschwichtigt
Beklommnes Herz das allzuviel verloren?
Wo sind die Stunden, überschnell verflüchtigt?
Vergebens war das Schönste dir erkoren!
Trüb' ist der Geist, verworren das Beginnen;
Die hehre Welt wie schwindet sie den Sinnen!

Da schwebt hervor Musik mit Engelschwingen,
Verflicht zu Millionen Tön' um Töne,
Des Menschen Wesen durch und durch zu dringen,
Zu überfüllen ihn mit ew'ger Schöne:
Das Auge netzt sich, fühlt im höhern Sehnen
Den Götter-Wert der Töne wie der Tränen.

Und so das Herz erleichtert merkt behende
Daß es noch lebt und schlägt und möchte schlagen,
Zum reinsten Dank der überreichen Spende
Sich selbst erwidernd willig darzutragen.
Da fühlte sich – o daß es ewig bliebe! –
Das Doppel-Glück der Töne wie der Liebe.

Elegie

Und wenn der Mensch in seiner Qual verstummt,
Gab mir ein Gott zu sagen was ich leide.

Was soll ich nun vom Wiedersehen hoffen,
Von dieses Tages noch geschloss'ner Blüte?
Das Paradies, die Hölle steht dir offen;
Wie wankelsinnig regt sich's im Gemüte! –
Kein Zweifeln mehr! Sie tritt an's Himmelstor,
Zu Ihren Armen hebt sie dich empor.

–

So warst du denn im Paradies empfangen
Als wärst du wert des ewig schönen Lebens;
Dir blieb kein Wunsch, kein Hoffen, kein Verlangen,
Hier war das Ziel des innigsten Bestrebens,
Und in dem Anschaun dieses einzig Schönen
Versiegte gleich der Quell sehnsüchtiger Tränen.

Wie regte nicht der Tag die raschen Flügel,
Schien die Minuten vor sich her zu treiben!
Der Abendkuß, ein treu verbindlich Siegel:
So wird es auch der nächsten Sonne bleiben.
Die Stunden glichen sich in zartem Wandern
Wie Schwestern zwar, doch keine ganz den andern.

Der Kuß der letzte, grausam süß, zerschneidend
Ein herrliches Geflecht verschlungner Minnen.
Nun eilt, nun stockt der Fuß die Schwelle meidend,
Als trieb ein Cherub flammend ihn von hinnen;
Das Auge starrt auf düstrem Pfad verdrossen,
Es blickt zurück, die Pforte steht verschlossen.

Und nun verschlossen in sich selbst, als hätte
Dies Herz sich nie geöffnet, selige Stunden
Mit jedem Stern des Himmels um die Wette
An ihrer Seite leuchtend nicht empfunden;
Und Mißmut, Reue, Vorwurf, Sorgenschwere
Belasten's nun in schwüler Atmosphäre.

Ist denn die Welt nicht übrig? Felsenwände
Sind sie nicht mehr gekrönt von heiligen Schatten?
Die Ernte reift sie nicht? Ein grün Gelände
Zieht sich's nicht hin am Fluß durch Busch und Matten?
Und wölbt sich nicht das überweltlich Große
Gestaltenreiche, bald gestaltenlose?

Wie leicht und zierlich, klar und zart gewoben,
Schwebt, Seraph gleich, aus ernster Wolken Chor,
Als glich es ihr, am blauen Äther droben,
Ein schlank Gebild aus lichtem Duft empor:

So sahst du sie in frohem Tanze walten
Die Lieblichste der lieblichsten Gestalten.

Doch nur Momente darfst dich unterwinden
Ein Luftgebild statt ihrer fest zu halten;
In's Herz zurück, dort wirst du's besser finden,
Dort regt sie sich in wechselnden Gestalten;
Zu Vielen bildet Eine sich hinüber,
So tausendfach, und immer immer lieber.

Wie zum Empfang sie an den Pforten weilte
Und mich von dannauf stufenweis beglückte;
Selbst nach dem letzten Kuß mich noch ereilte,
Den letztesten mir auf die Lippen drückte:
So klar beweglich bleibt das Bild der Lieben,
Mit Flammenschrift, in's treue Herz geschrieben.

In's Herz, das fest wie zinnenhohe Mauer
Sich ihr bewahrt und sie in sich bewahret,
Für sie sich freut an seiner eignen Dauer,
Nur weiß von sich, wenn sie sich offenbaret,
Sich freier fühlt in so geliebten Schranken
Und nur noch schlägt, für alles ihr zu danken.

War Fähigkeit zu lieben, war Bedürfen
Von Gegenliebe weggelöscht, verschwunden;
Ist Hoffnungslust zu freudigen Entwürfen,

Entschlüssen, rascher Tat sogleich gefunden!
Wenn Liebe je den Liebenden begeistet,
Ward es an mir auf's lieblichste geleistet;

Und zwar durch sie! – Wie lag ein innres Bangen
Auf Geist und Körper, unwillkommner Schwere:
Von Schauerbildern rings der Blick umfangen
Im wüsten Raum beklommner Herzensleere;
Nun dämmert Hoffnung von bekannter Schwelle,
Sie selbst erscheint in milder Sonnenhelle.

Dem Frieden Gottes, welcher euch hienieden
Mehr als Vernunft beseliget – wir lesen's –
Vergleich' ich wohl der Liebe heitern Frieden
In Gegenwart des allgeliebten Wesens;
Da ruht das Herz und nichts vermag zu stören
Den tiefsten Sinn, den Sinn ihr zu gehören.

In unsers Busens Reine wogt ein Streben,
Sich einem höhern, reinern, unbekannten,
Aus Dankbarkeit freiwillig hinzugeben,
Enträtselnd sich den ewig Ungenannten;
Wir heißen's: fromm sein! – Solcher seligen Höhe
Fühl' ich mich teilhaft, wenn ich vor ihr stehe.

Vor ihrem Blick, wie vor der Sonne Walten,
Vor ihrem Atem, wie vor Frühlingslüften,

Zerschmilzt, so längst sich eisig starr gehalten,
Der Selbstsinn tief in winterlichen Grüften;
Kein Eigennutz, kein Eigenwille dauert,
Vor ihrem Kommen sind sie weggeschauert.

Es ist als wenn sie sagte: »Stund um Stunde
Wird uns das Leben freundlich dargeboten,
Das Gestrige ließ uns geringe Kunde;
Das Morgende, zu wissen ist's verboten;
Und wenn ich je mich vor dem Abend scheute,
Die Sonne sank und sah noch was mich freute.

Drum tu' wie ich und schaue, froh verständig,
Dem Augenblick in's Auge! Kein Verschieben!
Begegn' ihm schnell, wohlwollend wie lebendig,
Im Handeln sei's, zur Freude, sei's dem Lieben;
Nur wo du bist sei alles, immer kindlich,
So bist du alles, bist unüberwindlich.«

Du hast gut reden, dacht' ich, zum Geleite
Gab dir ein Gott die Gunst des Augenblickes,
Und jeder fühlt an deiner holden Seite
Sich Augenblicks den Günstling des Geschickes;
Mich schreckt der Wink von dir mich zu entfernen,
Was hilft es mir so hohe Weisheit lernen!

Nun bin ich fern! Der jetzigen Minute
Was ziemt denn der? Ich wüßt' es nicht zu sagen;
Sie bietet mir zum Schönen manches Gute,
Das lastet nur, ich muß mich ihm entschlagen;
Mich treibt umher ein unbezwinglich Sehnen,
Da bleibt kein Rat als grenzenlose Tränen.

So quellt denn fort! und fließet unaufhaltsam;
Doch nie geläng's die innre Glut zu dämpfen!
Schon rast's und reißt in meiner Brust gewaltsam,
Wo Tod und Leben grausend sich bekämpfen.
Wohl Kräuter gäb's, des Körpers Qual zu stillen;
Allein dem Geist fehlt's am Entschluß und Willen,

Fehlt's am Begriff: wie sollt' er sie vermissen?
Er wiederholt ihr Bild zu tausendmalen.
Das zaudert bald, bald wird es weggerissen,
Undeutlich jetzt und jetzt im reinsten Strahlen;
Wie könnte dies geringstem Troste frommen,
Die Ebb' und Flut, das Gehen wie das Kommen?

–

Verlaßt mich hier, getreue Weggenossen!
Laßt mich allein am Fels, in Moor und Moos;
Nur immer zu! euch ist die Welt erschlossen,
Die Erde weit, der Himmel hehr und groß;

Betrachtet, forscht, die Einzelheiten sammelt,
Naturgeheimnis werde nachgestammelt.

Mir ist das All, ich bin mir selbst verloren,
Der ich noch erst den Göttern Liebling war;
Sie prüften mich, verliehen mir Pandoren,
So reich an Gütern, reicher an Gefahr;
Sie drängten mich zum gabeseligen Munde,
Sie trennen mich, und richten mich zu Grunde.

An Werther

Noch einmal wagst du, vielbeweinter Schatten,
Hervor dich an das Tageslicht,
Begegnest mir auf neu beblümten Matten
Und meinen Anblick scheust du nicht.
Es ist als ob du lebtest in der Frühe,
Wo uns der Tau auf Einem Feld erquickt,
Und nach des Tages unwillkommner Mühe
Der Scheidesonne letzter Strahl entzückt;
Zum Bleiben ich, zum Scheiden du, erkoren,
Gingst du voran – und hast nicht viel verloren.

Des Menschen Leben scheint ein herrlich Los:
Der Tag, wie lieblich, so die Nacht, wie groß!
Und wir gepflanzt in Paradieses Wonne,
Genießen kaum der hocherlauchten Sonne,
Da kämpft sogleich verworrene Bestrebung
Bald mit uns selbst und bald mit der Umgebung;
Keins wird vom andern wünschenswert ergänzt,
Von außen düstert's, wenn es innen glänzt,
Ein glänzend Äußres deckt mein trüber Blick,
Da steht es nah – und man verkennt das Glück.

Nun glauben wir's zu kennen! Mit Gewalt
Ergreift uns Liebreiz weiblicher Gestalt:

Der Jüngling, froh wie in der Kindheit Flor
Im Frühling tritt als Frühling selbst hervor,
Entzückt, erstaunt, wer dies ihm angetan?
Er schaut umher, die Welt gehört ihm an.
In's Weite zieht ihn unbefangene Hast,
Nichts engt ihn ein, nicht Mauer, nicht Palast;
Wie Vögelschar an Wäldergipfeln streift,
So schwebt auch er, der um die Liebste schweift,
Er sucht vom Äther, den er gern verläßt,
Den treuen Blick und dieser hält ihn fest.

Doch erst zu früh und dann zu spat gewarnt,
Fühlt er den Flug gehemmt, fühlt sich umgarnt,
Das Wiedersehn ist froh, das Scheiden schwer,
Das Wieder-Wiedersehn beglückt noch mehr
Und Jahre sind im Augenblick ersetzt;
Doch tückisch harrt das Lebewohl zuletzt.

Du lächelst, Freund, gefühlvoll wie sich ziemt:
Ein gräßlich Scheiden machte dich berühmt;
Wir feierten dein kläglich Mißgeschick,
Du ließest uns zu Wohl und Weh zurück;
Dann zog uns wieder ungewisse Bahn
Der Leidenschaften labyrinthisch an;
Und wir verschlungen wiederholter Not,
Dem Scheiden endlich – Scheiden ist der Tod!
Wie klingt es rührend wenn der Dichter singt,

Den Tod zu meiden, den das Scheiden bringt!
Verstrickt in solche Qualen halbverschuldet
Geb' ihm ein Gott zu sagen was er duldet.

Am acht und zwanzigsten August 1826

Des Menschen Tage sind verflochten,
Die schönsten Güter angefochten,
Es trübt sich auch der freiste Blick;
Du wandelst einsam und verdrossen,
Der Tag verschwindet ungenossen
In abgesondertem Geschick.

Wenn Freundes Antlitz dir begegnet,
So bist du gleich befreit, gesegnet,
Gemeinsam freust du dich der Tat.
Ein Zweiter kommt sich anzuschließen,
Mitwirken will er, mitgenießen,
Verdreifacht so sich Kraft und Rat.

Von äußerm Drang unangefochten,
Bleibt, Freunde, so in Eins verflochten,
Dem Tage gönnet heitern Blick!
Das Beste schaffet unverdrossen;
Wohlwollen unsrer Zeitgenossen
Das bleibt zuletzt erprobtes Glück.

Aus den Gruben, hier im Graben,
Hör' ich des Propheten Sang;
Engel schweben ihn zu laben,
Wäre da dem Guten bang?
Löw' und Löwin hin und wieder
Schmiegen sich um ihn heran;
Ja, die sanften frommen Lieder
Haben's ihnen angetan.

Engel schweben auf und nieder
Uns in Tönen zu erlaben,
Welch ein himmlischer Gesang!
In den Gruben, in dem Graben
Wäre da dem Kinde bang?
Diese sanften frommen Lieder
Lassen Unglück nicht heran:
Engel schweben hin und wieder
Und so ist es schon getan.

Denn der Ew'ge herrscht auf Erden,
Über Meere herrscht sein Blick,
Löwen sollen Lämmer werden,
Und die Welle schwenkt zurück.
Blankes Schwert erstarrt im Hiebe;

Glaub' und Hoffnung sind erfüllt;
Wundertätig ist die Liebe,
Die sich im Gebet enthüllt.

Und so geht mit guten Kindern
Sel'ger Engel gern zu Rat,
Böses Wollen zu verhindern,
Zu befördern schöne Tat.
So beschwören fest zu bannen
Liebem Sohn an's zarte Knie
Ihn, des Waldes Hochtyrannen,
Frommer Sinn und Melodie.

Im ernsten Beinhaus war's wo ich beschaute
  Wie Schädel Schädeln angeordnet paßten;
  Die alte Zeit gedacht' ich, die ergraute.
Sie stehn in Reih' geklemmt, die sonst sich haßten,
  Und derbe Knochen die sich tödlich schlugen
  Sie liegen kreuzweis, zahm allhier zu rasten.
Entrenkte Schulterblätter! was sie trugen
  Fragt niemand mehr, und zierlich tät'ge Glieder,
  Die Hand, der Fuß zerstreut aus Lebensfugen.
Ihr Müden also lagt vergebens nieder,
  Nicht Ruh im Grabe ließ man euch, vertrieben
  Seid ihr herauf zum lichten Tage wieder,
Und niemand kann die dürre Schale lieben,
  Welch herrlich edlen Kern sie auch bewahrte.
  Doch mir Adepten war die Schrift geschrieben,
Die heil'gen Sinn nicht jedem offenbarte,
  Als ich in Mitten solcher starren Menge
  Unschätzbar herrlich ein Gebild gewahrte,
Daß in des Raumes Moderkält und Enge
  Ich frei und wärmefühlend mich erquickte,
  Als ob ein Lebensquell dem Tod entspränge.
Wie mich geheimnisvoll die Form entzückte!
  Die gottgedachte Spur, die sich erhalten!
  Ein Blick der mich an jenes Meer entrückte

Das flutend strömt gesteigerte Gestalten.
Geheim Gefäß! Orakelsprüche spendend,
Wie bin ich wert dich in der Hand zu halten?
Dich höchsten Schatz aus Moder fromm
entwendend,
Und in die freie Luft, zu freiem Sinnen,
Zum Sonnenlicht andächtig hin mich wendend.
Was kann der Mensch im Leben mehr gewinnen
Als daß sich Gott-Natur ihm offenbare?
Wie sie das Feste läßt zu Geist verrinnen,
Wie sie das Geisterzeugte fest bewahre.

Der Guckuck wie die Nachtigall
Sie mögten den Frühling fesseln,
Doch drängt der Sommer schon überall
Mit Disteln und mit Nesseln;
Auch mir hat er das leichte Laub
An jenem Baum verdichtet,
Durch das ich sonst zu schönstem Raub
Den Liebesblick gerichtet;
Verdeckt ist mir das bunte Dach,
Die Gitter und die Pfosten,
Wohin mein Auge spähend brach,
Dort ewig bleibt mein Osten.

Dämmrung senkte sich von oben,
Schon ist alle Nähe fern;
Doch zuerst emporgehoben
Holden Lichts der Abendstern!
Alles schwankt in's Ungewisse
Nebel schleichen in die Höh;
Schwarzvertiefte Finsternisse
Widerspiegelnd ruht der See.

Nun im östlichen Bereiche
Ahnd' ich Mondenglanz und Glut,
Schlanker Weiden Haargezweige
Scherzen auf der nächsten Flut.
Durch bewegter Schatten Spiele
Zittert Luna's Zauberschein,
Und durch's Auge schleicht die Kühle
Sänftigend in's Herz hinein.

Nun weiß man erst was Rosenknospe sei,
Jetzt da die Rosenzeit vorbei;
Ein Spätling noch am Stocke glänzt
Und ganz allein die Blumenwelt ergänzt.

Als Allerschönste bist du anerkannt,
Bist Königin des Blumenreichs genannt;
Unwidersprechlich allgemeines Zeugnis,
Streitsucht verbannend, wundersam Ereignis!
Du bist es also, bist kein bloßer Schein,
In dir trifft Schau'n und Glauben überein;
Doch Forschung strebt und ringt, ermüdend nie,
Nach dem Gesetz, dem Grund *Warum* und *Wie.*

Der Bräutigam

Um Mitternacht, ich schlief, im Busen wachte
Das liebevolle Herz als wär' es Tag;
Der Tag erschien, mir war als ob es nachte,
Was ist es mir, soviel er bringen mag.

Sie fehlte ja, mein emsig Tun und Streben,
Für sie allein ertrug ich's durch die Glut
Der heißen Stunde, welch erquicktes Leben
Am kühlen Abend! lohnend war's und gut.

Die Sonne sank und Hand in Hand verpflichtet
Begrüßten wir den letzten Segensblick,
Und Auge sprach, in's Auge klar gerichtet:
Von Osten, hoffe nur, sie kommt zurück.

Um Mitternacht der Sterne Glanz geleitet
Im holden Traum zur Schwelle, wo sie ruht.
O sei auch mir dort auszuruhn bereitet,
Wie es auch sei das Leben, es ist gut.

Dem aufgehenden Vollmonde

Dornburg, August 1828

Willst du mich sogleich verlassen!
Warst im Augenblick so nah!
Dich umfinstern Wolkenmassen
Und nun bist du gar nicht da.

Doch du fühlst wie ich betrübt bin,
Blickt dein Rand herauf als Stern!
Zeugest mir daß ich geliebt bin,
Sei das Liebchen noch so fern.

So hinan denn! hell und heller,
Reiner Bahn, in voller Pracht!
Schlägt mein Herz auch schmerzlich schneller,
Überselig ist die Nacht.

Dornburg
September 1828

Früh wenn Tal, Gebirg und Garten
Nebelschleiern sich enthüllen,
Und dem sehnlichsten Erwarten
Blumenkelche bunt sich füllen;

Wenn der Äther, Wolken tragend,
Mit dem klaren Tage streitet,
Und ein Ostwind, sie verjagend,
Blaue Sonnenbahn bereitet;

Dankst du dann, am Blick dich weidend,
Reiner Brust der Großen, Holden,
Wird die Sonne, rötlich scheidend,
Rings den Horizont vergolden.

Willst Du Dir ein gut Leben zimmern,
Mußt um's Vergangne Dich nicht bekümmern,
Und wäre Dir auch was verloren,
Erweise Dich wie neu geboren.
Was jeder Tag will? sollst Du fragen,
Was jeder Tag will wird er sagen!
Mußt Dich an eignem Tun ergötzen,
Was Andre tun, das wirst Du schätzen,
Besonders keinen Menschen hassen,
Und das Übrige Gott überlassen.
Zum 25ten Oktober 1828

Parabel

Ich trat in meine Gartentür,
Drei Freunde kamen, auch wohl vier,
Ich bat sie höflich zu mir ein
Und sagte: sie sollten willkommen sein;
Da in der Mitte, im heitern Saal,
Stünd' grade ein hübsches Frühstücksmahl.
Wollt' jedem der Garten wohl gefallen,
Darin nach seiner Art zu wallen.
Der eine schlich in dichte Lauben,
Der andre kletterte nach Trauben,
Sein Bruder nach hohen Äpfeln schielt',
Die er für ganz vortrefflich hielt.
Ich sagte: die stünden alle frisch
Zusammen drinn' auf rundem Tisch,
Und wären ihnen gar schön empfohlen.
Sie aber wollten sie selber holen;
Auch war der letzte, wie eine Maus,
Fort! wohl zur Hintertür hinaus.
Ich aber ging zum Saal hinein,
Verzehrte mein Frühstück ganz allein.

Leben liebt
Lieben belebt
Glück auf!
Müssen und Wollen
Denken und Tun
Streben und Warten
Cœur content
Grand talent.

Zum Sehen geboren,
Zum Schauen bestellt,
Dem Turme geschworen
Gefällt mir die Welt.
Ich blick in die Ferne,
Ich seh in der Näh,
Den Mond und die Sterne,
Den Wald und das Reh.
So seh ich in allen
Die ewige Zier
Und wie mir's gefallen
Gefall ich auch mir.
Ihr glücklichen Augen,
Was je ihr gesehn,
Es sei wie es wolle,
Es war doch so schön!

Alles Vergängliche
Ist nur ein Gleichnis;
Das Unzulängliche
Hier wird's Ereignis;
Das Unbeschreibliche
Hier ist es getan;
Das Ewig-Weibliche
Zieht uns hinan.

Vermächtnis

Kein Wesen kann zu nichts zerfallen,
Das Ew'ge regt sich fort in allen,
Am Sein erhalte dich beglückt!
Das Sein ist ewig, denn Gesetze
Bewahren die lebend'gen Schätze
Aus welchen sich das All geschmückt.

Das Wahre war schon längst gefunden,
Hat edle Geisterschaft verbunden,
Das alte Wahre fass' es an.
Verdank' es, Erdensohn, dem Weisen
Der ihr die Sonne zu umkreisen
Und dem Geschwister wies die Bahn.

Sofort nun wende dich nach innen,
Das Zentrum findest du da drinnen
Woran kein Edler zweifeln mag.
Wirst keine Regel da vermissen,
Denn das selbstständige Gewissen
Ist Sonne deinem Sittentag.

Den Sinnen hast du dann zu trauen,
Kein Falsches lassen sie dich schauen
Wenn dein Verstand dich wach erhält.

Mit frischem Blick bemerke freudig,
Und wandle, sicher wie geschmeidig,
Durch Auen reichbegabter Welt.

Genieße mäßig Füll' und Segen,
Vernunft sei überall zugegen
Wo Leben sich des Lebens freut.
Dann ist Vergangenheit beständig,
Das Künftige voraus lebendig,
Der Augenblick ist Ewigkeit.

Und war es endlich dir gelungen,
Und bist du vom Gefühl durchdrungen:
Was fruchtbar ist allein ist wahr;
Du prüfst das allgemeine Walten,
Es wird nach seiner Weise schalten,
Geselle dich zur kleinsten Schar.

Und wie von Alters her, im stillen,
Ein Liebewerk, nach eignem Willen,
Der Philosoph, der Dichter schuf;
So wirst du schönste Gunst erzielen:
Denn edlen Seelen vorzufühlen
Ist wünschenswertester Beruf.

Nachbemerkung

Anton Kippenberg, der Verleger der Insel von 1905 bis 1950, bezeichnete Goethe als den »Kompaß seines Lebens«. Er, der Goethe-Kenner und -Sammler, machte den Insel Verlag zum Verlag Goethes. Der heutige Insel Verlag führt diese Tradition mit zahlreichen Editionen fort, zuletzt mit einer bibliophilen Ausgabe von Goethes Handschriften zum *West-östlichen Divan.* In den insel taschenbüchern, deren Nr. 1 Goethes *Wahlverwandtschaften* brachte, enthält jeder 25. Band einen Titel von oder über Goethe. Was lag näher, als in Band 2000 denjenigen Teil von Goethes Werk zu zeigen, der über die Zeiten hinweg die größte Wirkung behielt, die Lyrik. Dieser Band erscheint hier in einer Großdruckausgabe.

Goethes lyrisches Œuvre ist immens, es umfaßt weit über zweitausend Gedichte. Daraus 100 Gedichte auszuwählen, Gedichte, welche die Bedeutung des lyrischen Werks begründen und bis heute lebendig geblieben sind, ist immer ein Wagnis. Wenn Gottfried Benn sagt, einem Lyriker könnten höchstens sechs Gedichte gelingen, so würde er bei Goethe selbst mit der Zahl 100 irren. Daher kann die Auswahl nicht repräsentativ sein, allenfalls ver-

mag sie das zu bieten, was beglaubigt ist, und solches, was dem Auswählenden wesentlich ist.
Diese Auswahl enthält jene 100 Gedichte, die wohl dem ›ewigen Vorrat‹ der Poesie angehören und gleichzeitig jenen Leser charakterisieren, den Goethes Gedichte ein Leben lang begleiten: 100 Gedichte eines Dichters, der als erster Autor die moderne Individualität verkörperte, der »lieben können« als höchstes Glück empfand und ein Leben lang dafür den poetischen Ausdruck fand.
Goethe zeigt den Menschen in seiner vollen Erlebnisfähigkeit (»Mir schlug das Herz; geschwind zu Pferde«) und in seiner höchsten Schaffenskraft (wie in der »Prometheus«-Hymne), bis hin zur mythischen Größe Mahomets als Teil der allumfassenden Natur, in der dieser das Göttliche sah. – Um all dies kreisen seine Gedichte, in den unterschiedlichsten lyrischen Formen, höchst kunstvolle Gebilde, anspielungsreich und fremde Kulturen einbindend; *Wandrers Nachtlied* und *An den Mond*, Volksliedhaftes und Balladen, mit denen wir alle aufgewachsen sind (*Der Erlkönig*, *Der Fischer*).
Einige Texte werden nach der ersten handschriftlichen Fassung oder dem Erstdruck wiedergegeben. Den meisten liegen spätere Drucke (Fassungen) zugrunde; ihr Datum ist auf den Seiten 195-196 nachgewiesen. Die Orthographie ist nach den Grundsät-

zen der Frankfurter Ausgabe (der die Texte entnommen wurden) behutsam modernisiert: Beibehalten wurden Groß- und Kleinschreibung, Getrennt- und Zusammenschreibung, die oft bedeutungstragend verwendet werden. Auch die originale Interpunktion blieb gewahrt, da sie in der Lyrik mehr eine rhythmisch-musikalische als eine grammatisch-logische Funktion hat.

Die Gedichte sind durchgehend chronologisch angeordnet. Damit soll die Meinung revidiert werden, daß Goethes späte Lyrik immer artifizieller geworden sei. (So nimmt das Gedicht *Gefunden* von 1813 das *Heidenröslein* von 1773 auf.) Das Feuer der Jugend, die Leidenschaft (»O Mädchen Mädchen, / wie lieb ich dich!«) verwandelt sich in den Einsichten des Naturforschers und in der Erfahrung und Weisheit des Alters: »Der Spiegel sagt mir ich bin schön! / Ihr sagt: zu altern sei auch mein Geschick. / Vor Gott muß alles ewig stehn, / In mir liebt Ihn, für diesen Augenblick.«

Nirgendwo ist Resignation, überall Einverständnis mit der Vergänglichkeit, überall auch die Kraft der Bewahrung und Versöhnung. Dies wollen die 100 Gedichte belegen: »Wie es auch sei das Leben, es ist gut.«

Siegfried Unseld

Nachweise

Druckdaten der nicht mit dem Erstdruck bzw. der Erstfassung identischen Textvorlagen: Zueignung *1787* – Mit einem gemalten Band *1789* – Willkommen und Abschied *1775* – Heidenröslein *1789* – Der König in Thule *1782* – Beherzigung *1789* – Harzreise im Winter *1789* – Gesang der Geister über den Wassern *1789* – Der Fischer *1789* – Über allen Gipfeln *1815* – Grenzen der Menschheit *1789* – Erlkönig *1789* – Das Göttliche *1789* – (Aus ›Wilhelm Meister‹; 1815:) Heiß mich nicht reden, Wer nie sein Brod, Kennst du das Land, Nur wer die Sehnsucht kennt – (Aus den Römischen ›Elegien‹; 1795:) Saget Steine mir an, Fromm sind wir Liebende, Froh empfind' ich mich nun – Der Schatzgräber *1800* – Der Gott und die Bajadere *1800* – Der Zauberlehrling *1800* – Natur und Kunst *1802* – Das Sonett *1815* – Nachtgesang *1815* – Dauer im Wechsel *1815* – Mächtiges Überraschen *1815* – Die Liebende abermals *1815* – Gegenwart *1815* – Gefunden *1815* – (Aus dem ›West-östlichen Divan‹; 1819:) Im Gegenwärtigen Vergangnes, Selige Sehnsucht, Lied und Gebilde, Wink, Was verkürzt mir die Zeit, Hegire, Es ist gut, Talismane, Unbegrenzt, Suleika spricht (Der Spiegel sagt mir), Hatem (Nicht Gelegenheit macht Diebe), Suleika (Hochbeglückt in deiner Liebe), Gingo biloba, Wiederfinden, Suleika (Ach! um deine feuchten Schwingen), Hatem (Locken! haltet mich gefangen), Lesebuch – Frühling über's Jahr *1827* – Entoptische Farben *1827* – Urworte. Orphisch *1827* – Um Mitternacht *1827* – Zwischen beiden Welten *1827* – Allerdings. Dem Physiker *1827* – Epirrhema *1827* – Wandersegen *1827* – Eins und Alles *1827* – Aussöhnung *1827* – Elegie (Was soll ich nun) *1827* – An Werther

1827 – Aus den Gruben (aus ›Novelle‹) – Im ernsten Beinhaus war's *1829* – (Aus den ›Chinesisch-deutschen Jahres- und Tageszeiten‹; 1830:) Der Guckuck wie die Nachtigall, Dämmrung senkte sich von oben, Nun weiß man erst, Als Allerschönste bist du anerkannt – Der Bräutigam *1829* – Dem aufgehenden Vollmonde *1830* – Dornburg. September 1828 *1833* – Willst Du Dir ein gut Leben zimmern *1830* – Parabel *1831* – Zum Sehen geboren (aus ›Faust II‹; 1833) – Alles Vergängliche (aus ›Faust II‹; 1833)

Alphabetisches Verzeichnis der Gedichtanfänge und -überschriften

Gedichte
im insel taschenbuch
Großdruck

Johann Wolfgang Goethe
Ob ich Dich liebe weiß ich nicht
Liebesgedichte
Ausgewählt von Karl Eibl
it 2396. 170 Seiten

Liebeszauber
Liebesgedichte aus fünf Jahrhunderten
Ausgewählt von Günter Berg
it 2413. 166 Seiten

Blütenzauber
Die schönsten Blumengedichte
Ausgewählt von Gesine Dammel
it 2422. 150 Seiten